戲非戲196

我當道士那些年

仐三 著

高寶書版集團

Ⅲ 卷十三・神仙傳說・最終卷(4)

目錄

第一百四十四章　大會場

走出地下洞穴，在我的理解裡一直就是走出整個地下洞穴，走到底……

後來在洞穴之中，我和道童子遇見了一個神祕的聲音，有著絕大的力量，卻又充滿了孩童般的幼稚，它曾無意的透露，我和道童子永遠走不到它那裡去……後來，師祖的殘魂出現，好像對這個地下洞穴也有所瞭解，並且透露這個地下洞穴，就算現在掌管雪山一脈的人也沒有能走到最下方。

大意是如此吧？畢竟那個時候掌控我身體的是道童子，我的記憶竟然有些模糊。

所以，我一直都知道，我應該沒有走到地下洞穴的底部，但我沒有想到，我和師傅所在的位置，就連地下洞穴的中部都沒有達到。

我無法去具體說明眼前所看到的景象，但大致描繪一下，那就是我們所處的位置能看見整個地下洞穴，就好比這是一個地下的圓洞，一直延伸向下，那麼關押著那些有著絕大能力的妖魂，亦或者別的什麼東西的地下洞穴就是在這大圓洞中的另一個小圓洞。

只不過這個小圓洞是完全封閉的，包括它的外壁站在大圓洞中都能看個清清楚楚，而唯一可以窺視到小圓洞的地方，就是一條連接大圓洞和小圓洞的似橋似路的露天通道，在通道的盡頭是一個平臺，平臺上都有一間小屋和地下洞穴緊密相連，我想給我送飯的那個接引人，就是通過這間小屋來窺視地下洞穴中的一切的。

這和初入地下平臺的那個結構說起來是一樣的，因為在那裡也有一間小屋，還有一個臉上有著傷口的怪老頭兒。

而我和師傅就是從這樣的屋子中走出來的，走出來的時候外面已經不是一片黑暗，也不知道是誰點燃了沿路而上的油燈，在這樣不算明亮的燈光下，我才看見，我和師傅所在的那間小屋其實和上面那些小屋不一樣。

因為這裡嚴格說來是由幾間小屋共同組成的小建築群，我們所在的這個平臺也分外大了一些，而上去的路則是在大洞穴的邊緣，貼著岩壁旋轉著通往出口。

那裡一路亮著燈，我和師傅站在下方看起來，有一種異常神祕炫目的感覺。

而讓我震驚的卻並不是這個，是因為我藉著昏暗的燈光向下看了一眼，卻發現根本看不到底部，而且只是向下望一眼，就感覺到一種強大的氣息一下子沖了上來，我在沒有防備的瞬間差點站立不穩，還是師傅扶住了我。

這也就是我為什麼判斷，我才走到地下洞穴中部都不到的位置，而我最後出來的時候，遭遇到的就是一條真龍殘魂了，那真正走到了地下洞穴的底部，面對的又會是什麼東西？我簡直已經無法想像！

我甚至懷疑傾盡雪山一脈的力量，是否能夠鎮壓住這個地下洞穴的存在，而在這時師傅在我耳邊說道：「承一，不必去探尋什麼了，這個以後也會成為你的責任，看守這個地下洞穴……只因為你是雪山一脈的主人。」

「師傅，你為什麼知道的？」我有些驚喜的看著師傅，昏暗的光線中，師傅的臉有些模糊，那為我驕傲的眼神卻是分外的清晰。

「在等待你走出洞穴的時候，雪山一脈的人告訴我的！他們的門派建在這裡，並不是為了那所謂的靈氣，真正的原因是因為這個地下洞穴。」說話間，我和師傅已經走出了那條似路似橋的通道，來到了向上的階梯。

「你看……」站在這個位置，師傅拉著我，把手指向了整個地下洞穴。

「這……」沒有什麼比站在這個位置能更加直觀的感受整個地下洞穴了，它身處在這個更加巨大的地洞之中，卻並不是想像中的圓柱形，而是更像一個蜂巢，兩頭小中間大，而在整個地下洞穴的外壁上刻著異常繁複的陣紋，然後周圍的靈氣緊貼環繞，就像一陣陣旋風從地下洞穴的周圍吹過，而更加奇異的是，所過之處，那些陣紋就會亮起銀色的光芒，整個場景看起來就像是在夢幻之中。

我陳承一一生經歷的詭異綺麗事件也夠多了，但我是真的想像不出在我有生之年，能夠看見這麼奇異的一個地方，感覺我就像置身於神話之中一般，而師傅頗有深意的對我說道：「雪山一脈的守護者，從來都是最優秀的修者，能成為他們的領袖，這是你的驕傲，是師傅的驕傲，也是整個老李一脈的驕傲。承一兒，你以後成為了雪山一脈的主人，會知道更多的，但眼前的大劫卻是楊晟，咱們上去吧。」

我整個人有些恍惚，另外也有些心酸，守護者是道童子，而不是我吧？沿路向上，我總想到的是地下洞穴中那個神祕的聲音，它應該在地下洞穴中的什麼位置呢？深處最底層的是不是它？

這地下洞穴其實就是一個了不得的大監獄，而裡面關押著的隨便一個存在，現在放到人間去，都會「驚動」一方。

我的心情很複雜，而在不知不覺當中，已經走到了地下洞穴的最上方，我又看見了那個熟悉的平臺，還有平臺上那間地下洞穴入口的小屋。

不同的是，那間小屋的主人已經走了出來，此刻就在地下洞穴的出口，提著酒壺，笑著看著我，就算臉上有三道猙獰的疤痕，也影響不了這個笑容的真誠與暢快。

「你真的走出來了。」他喝了一口壺中的酒，這樣對我說道。

我鞠了一躬，真誠的對他說道：「謝謝。」如果不是他給我的靈酒和銅錢劍給了我很大的幫助，我是否能夠走出，真的是一個未知數。

想著，我從腰間拿下了銅錢劍，就要交還給這個人。

他卻一把抓住了我的手，笑著說道：「我現在就倚老賣老稱呼你一句傻小子，以後可就是要稱呼你為掌門了。這銅錢劍原本就是掌門之物，按照祖訓，只要有人能夠敲破祈願鼓，走出那地下洞穴，我都是要交出銅錢劍的。你沒走出來，我自然要想辦法收回，你一旦走出來了，這就是掌門信物，是完全屬於你的法器了啊。你要真說人情，那就是我看你順眼，給了你一壺酒吧。」

我也大概聽珍妮姐提起過這銅錢劍的事情，確實應該是屬於雪山一脈主人的法器，和這銅錢劍一樣的，應該還有另外兩件法器，所以我也沒有推辭，收起了這銅錢劍。

而這個看守地下洞穴的老人忽然暢快的大笑起來：「我鎮守這地下洞穴多少歲月，我都有些模糊了，一直盼望著痛快一戰，不讓我輩一生所學得不到燃燒的剎那……一壺酒賭對了方向，來來，你應當與我再乾一口。」

說話間，這個老人暢快的喝了一大口酒壺中的酒，我接過來，也喝了一大口，感覺這酒不是入地下洞穴時他給我的靈酒，而是另外一種酒，入口感覺極淡，但是一下喉嚨酒味就開始出來了，帶著一股子綿長無比的藥香，後勁是足的，但是並不火爆，反而不停的滋養著我的身體。

喝下去一大口以後，讓我的身體的疲憊和虛弱都消下去不少，我一下子非常驚喜的看著這個老人，他卻拍著我的肩膀說道：「掌門小子，這又便宜了你一次，我的珍藏啊……看你一身暗傷，上去以後，我弟弟應該會給你好好調理調理的，一個月以後的大戰，咱們再見！我也得回去苦修一下，手上生了的功夫也該好好熟悉一下！這一次，是毀滅還是還天地一個清靜，我都無所謂，我要的是痛痛快快的一場大戰！」

說完這話，他帶著顯得有些張狂的笑聲揚長而去。如果說，雪山一脈存在著很多大能，他們的能力可以封王，這個張狂的老者，要我去為他想一個字，我只能想到一個字「戰」！

當之無愧的「戰王」！不在乎結果，在戰場上那種只求痛快一戰，生死無忌的人，不是戰王，又是什麼？

而他弟弟……？我心中帶著疑惑，繼續和師傅前行，剛剛走出地下洞穴的出口，走入了那個大會場，卻是嚇了我一跳，我以為應該空曠無人的大會場，此刻密密麻麻的坐滿了人。

當我和師傅走出來的瞬間，忽然坐在會場裡的所有人都目光炙熱的望向了我和師傅，我還來不及說什麼，一聲聲震耳欲聾的「掌門」掀起了一道道聲浪，差點兒將我淹沒。

在中間，我曾經決戰過的大平臺之上，一個個熟悉的身影正看向我。

在我情緒激動的時候，一個穿著白色長袍的老人飄然而至，看著我，首先是一個鞠躬，接著就說道：「掌門，這大戰前剩下的一個月，你就跟隨我。我負責解答你一些疑問，也負責教導你一些東西，守護你閉關修煉。」

我看著這張臉，有些熟悉……這難道就是地下洞穴那個刀疤老者的弟弟？

第一百四十五章　無憾

這個老者並沒有想要掩飾自己的身份，一番介紹之下，我就知道了他真的是那個地下洞穴守護者，刀疤老者的親弟弟，貌似兩人在雪山一脈的地位極高，而且是真正的嫡傳。

所謂嫡傳就是雪山一脈初代弟子留下的子嗣，世世代代都出生在雪山一脈，並且最終守護雪山一脈的人。

老者三言兩語就和我說明白了這些，然後退到了一旁，他知道我現在心情激蕩，並不是要和我交代什麼的時候，因為在那個中間大台子上站著的，全部都是我熟悉的人。

在這群人中，有我的親人、有我的朋友、有那一次站出來在雪山一脈守護我的長輩們，我還看到了葛全老爺子，比我更激動的是師傅，因為這其中很多都是他的老朋友啊。

而珍妮姐就懶洋洋的站在這群人的前面，在周圍安靜了下來，她對我說道：「承一，這就是我給你的驚喜。在你一路向前的身後，總是要有個人替你默默的守護的。如今，我把他們帶來了這裡，你就安靜且堅定的向前吧。」

此時，淚水已經包含在了我的眼裡，大恩不言謝，我忽然明白了在我那麼多年漂泊的歲月裡，原來有一個人一直在護著我身邊人的周全，護著老李一脈所有身邊人的周全，這個人就是珍妮大姐頭。

我只是衝著珍妮姐重重的點頭，而在這個時候，一個人撲進了我的懷裡，我下意識的就抱緊了她，聲音有些發緊的叫了一聲：「媽媽……」

接著人潮將我和師傅淹沒，在這其中說不盡的情誼已經無法細說，在大戰之前這樣最好的團聚，就是給予我最大的禮物和安慰。我其實只有三天完整存在的時間，能得到這一份驚喜，覺得我已經此生無憾。

在這其中，有一個頭髮花白的人牽著一個小孩子朝著我走來了，在人潮當中，我一眼就認出了這個頭髮花白的年輕人，我看著他，開口叫了一聲：「小北。」

是的，這就是與我一同大戰小鬼的戰友之一小北，這一次除了他以外，其他人都來了。

「快點兒，憶回，叫乾爹啊。從小就聽了乾爹的故事，這一次見到了，還不叫一聲乾爹？」小北望著我笑了一下，然後一把抱起他牽著的那個小孩子，對著他說道。

我有些激動的看著眼前這個四、五歲的小孩子，想起了那一年的往事，那個可憐的嬰兒、那個英雄一般的老回、那個頭也不回的背影……眼前這個孩子眼睛大大的，雙眼中流露出很純真和很崇拜的眼神那樣看著我。

見我激動的看著他，他竟然也不害羞，伸出雙手來，就脆生生的對我說了一句：「乾爹抱。」

我激動的一把把他抱入懷中，很感激這些年的歲月，他成長得很好，小時候受的那些折磨並沒有在他的記憶中留下「偏激的恨」，而是像普通孩子那樣純真的成長起來了，可憐的孩子，我又想起了點點的魂飛魄散，忍不住在憶回的臉上重重的親了一口，然後也不管他是否能聽懂，說了一句：「憶回乖，乾爹這些年很忙，接著還要忙碌一陣子，如果以後乾爹能夠平安，一定把你帶在身邊照顧。你喜歡乾爹，更要記住一個人，他叫老回……他於你就像是父親般的存在，他用生命換回了你，你這一生都要記得他，回憶他。」

「我知道老回，老回爸爸……」憶回好像比一般的孩子更加早熟懂事，提起老回，他嘴一撇，就像快要哭出來了。

小北在我旁邊說道：「老回的故事，我們給他講了很多次，從他會說話以後就講，這孩子比一般孩子都機靈，自己就知道開口叫老回爸爸。這一次來雪山一脈，有長老看過這孩子，也是一個修者的命，如果平安，讓他跟在你身邊修行吧。」

「好。」我毫不猶豫的就點頭答應了，就算我不在了，我相信道童子也能幫我好好照顧他的，我相信道童子的為人。

「這孩子多可愛啊，我抱抱……」在這個時候，我媽媽不知道什麼時候又竄到了我的身邊，一把就抱過了憶回，我沒有跟我媽媽講起他可憐的遭遇，曾經被折磨得奄奄一息，我怕老人家心疼，我只是簡單告訴媽媽，這是我的乾兒子。

我媽媽一聽我這樣說，更加心疼高興的抱著他不肯鬆手了，而在這時，又一個人拉著我師傳叫了我一聲：「承一……」

「葛老爺子……」我很驚喜的喊了一聲，當年他離船而去，說是要去探查一件事情，我就再也沒有他的消息，我沒想到在這裡我還能見到他，但想著在這背後，是珍妮大姐頭庇護著他，我也就釋然了。

「哎，要不是關鍵時候有人救了我，我差點兒就交代了啊。」葛老爺子很感慨的樣子。

「當年，你不是去探查什麼祕密了嗎？」我看著葛老爺子，心裡感慨，他一直都很崇敬我師傅，如今看見了我師傅，更是緊緊的拉著不願意鬆手。

「哪裡是去探查什麼祕密……其實真實的情況是，我收到消息，已經被人盯上了，我不想連累你們，乾脆棄船選個地方走掉，幫你們甩掉一部分麻煩。其實那些年，我們站出來庇護你們的人，無一不是受到了嚴格的監控，若不是珍妮大姐頭不惜調動雪山一脈的力量力保，我們一個都活不成。」葛老爺子有些感慨地說道。

楊晟！我悄悄捏緊了拳頭，你又何必如此，禍不及家人親友，你何苦防備我到如此的地步？

「老爺子……」想到葛老爺子的無私，我忍不住抓著他的手臂，一時間也找不出合適的言語來形容內心的感受，但在這時，一聲又一聲的承一招呼著我，讓我再一次的被淹沒在人潮。

我很滿足，我見到了家人，我的爸媽和姐姐……而我的兩個侄兒和姐夫也是絕對的安全，我還見到了沁淮和酥肉、我一路走來的許多朋友、庇護我的長輩，甚至湖村的人……這些離情別緒不是言語能夠道來，而訴諸筆端，也不是短短的文字能夠寫出的瑣碎。

好像我一生的痕跡都在這一刻被串連了起來，而我之後，還有什麼好顧忌的？我剩下的只是一往無前。

這樣的相聚持續了一小時，因為雪山一脈還要要事要宣佈，所以，我們只能暫時收起了這些情緒，這些我的熟人們被安排在了前排坐好，而我和師傅則跟在雪山一脈由那個之前的掌門帶領的長老團後，走到了那個臺子的中央。

站在這裡，我心情有一些激蕩，曾經這裡就是我與張寒決鬥的地方；也就是在這裡，陳承一成為了年輕一脈第一人；如今，我再次站在了這裡，命運卻讓我成為了雪山一脈的主人。

「陳承一，走出地下洞穴，從今以後，就是我雪山一脈三位老祖後，第一個真正的掌門人……在此，我雪山一脈將不得違背掌門的意志，誓死捍衛三位老祖留下的遺訓，在雪山一脈新的掌門人之下，護我華夏，即便粉身碎骨，刀山火海，亦一往無前，為我們今生的功德行一個圓滿。」說話的是雪山一脈的那個老掌門，他的中氣十足，話語猶如雷聲滾滾一般傳遍了整個會場。

而他說完這句話以後，忽然轉身朝著我一拜，而由他開始，所有雪山一脈的門人都站了起來，同時朝著我深深一拜。

我原本下意識的就想避開，因為我覺得我當不起，可是想著我老李一脈的責任和守護華夏的使命，我又有什麼好逃避的？所以我這一次站得直直的，在所有人拜過以後也朝著他們一拜，這才朗聲說道：「讓我們繼承三位老祖的遺志，共同守衛我華夏。」

「共同守衛我華夏……」「共同守衛我華夏……」在雪山一脈的會場之中，群情激烈，而震耳欲聾的聲音，幾乎震得整個會場都在隱隱震動。

而在這個時候，老掌門神情嚴肅的站到台前，說道：「現在，就發佈我雪山一脈英雄令：號召天下正道，於三天後，共同見證我雪山一脈，第一位掌門出世。另外正式宣佈由我雪山一脈開始，正式阻擊楊晟組織，這一戰，雪山一脈應下了。」

英雄令，這是什麼東西？大戰從現在就要拉開帷幕了嗎？洶湧的暗流終於要化為滔天大浪，席捲天地了嗎？

一直站在我身旁的那個老者，輕聲開口說道：「英雄令是雪山一脈的祕密權杖，也是雪山一脈多年以來累積的人脈。那麼多年，諸多勢力都送最優秀的弟子來雪山一脈修行，總之已經形成了錯綜複雜的關係。英雄令一出，就是雪山一脈要求他們的時候了。但這不是強迫，他們怎麼選擇，就看他們了。」

看著這個密密麻麻的會場，我莫名的心中歎息了一聲……最終，楊晟，你攪動了整個修者圈子，我陳承一也終於站到了風口浪尖，這樣的人生你滿足嗎？

還是在午夜夢回的時候，你還是會想起在竹林小築的那幾天，覺得那樣的人生是一種滿足呢？第一次，我見到外界的朋友，你也第一次放棄科學狂人的身份，接觸到我這個山野小子……可是，再也回不去了。

第一百四十六章　三天（上）

這一場會場的相聚，還有匆忙的大會，並沒有持續多長的時間，其實主要目的也就是宣告一下我成為了雪山一脈的主人。

但是我不瞭解的事情太多，有很多瑣事我也不能去辦或者決定，畢竟這個主人嚴格說來應該是主事人，在還不瞭解的情況是沒有辦法去主事的。所以，剩下的一些具體決定或者瑣事，就不用我一一參與了。

我的主要任務和來到這裡的其他人一樣，那就是抓緊剩下的時間修煉，而對於我們這種修煉，雪山一脈將提供全力的支持和盡可能多的資源。

除此以外，我還需要做的事情就是參加一次真正的宗門大典，正式向華夏的修者圈子宣告這一消息，重點是雪山一脈一個真正的大派，成為它真正的掌門，還是有很多儀式和規矩的。這個和我們老李一脈隨意瀟灑的行事不一樣，大宗門總還是要講究一些威嚴和氣勢的。

不過，現在我也沒心思去想太多，在我的生命只剩下三天的時間，我忽然發現我還有好多事情要辦，好多話想說，也不知道這三天的時間還夠不夠？

剛才那一場相聚，讓我的生命中少了很多遺憾，但是我也敏感的發現，和我同來的人們都不在，他們也是我生命中最重要的存在，我私下問了一下，被告知所有的人都在修煉，或許在夜裡的時候會有一些自由的時間。

另外，在所有的人當中我沒有看見如雪。三天後，我就將不再是我，在這種時候我有了一種看透的滄桑，也覺得如雪想不想見我的態度已經不重要的，重要的是這三天的時間我必須見一見她。

是的，我只是貪心，貪心的想讓自己的生命完全的無憾。

帶我走出會場的是秋長老，很奇怪的一個姓，他主動說起我也才知道，他和那個守地下洞穴的老者都姓秋，他說這是他們給自己取的一個姓氏，真正的姓氏並不是如此。

我被他帶回了雪山一脈的主山門，按理說，我應該被帶到最高的那個洞穴中去，那裡才是雪山一脈的主人該待的地方。不過，我說過要三天的時間，在這三天裡我也不會修煉，所以我還是被安排在了平臺之上的普通宅子。

只不過因為身份的不同，讓我暫住的宅子很大，基本上是一個單獨的大院落了，其他房間也住有除了秋長老的其他人，我感覺得到他們強大的氣息。秋長老給我解釋說，在這雪山一脈暫時還存在有一些「特別的客人」，現在我身份不同，按照推算也是大戰的關鍵……所以，必須要有人完全的保護我。

被保護？在聽聞這句話以後，我稍微愣了一下，我漂泊半生，除了小時候師傅那種明顯的保護，我沒想到到了如今竟然會再次這樣被保護起來，感覺非常奇特，而關於那些特別的客人我沒有追問太多。其實，一開始來雪山一脈的時候，不是也來了幾個喇嘛嗎？想必，秋長老指的就是這些人。

具體要怎麼處理他們，我想也不用我來操心，具體的說是在這三天我不想操心。

房間裡很安靜，偌大的房間只有我一個人，又怎麼能不安靜？師傅也被帶去修煉，為了之後的大戰準備，我莫名的在生命的最後三天裡，倒是要一個人了。

但這根本沒有辦法對任何人說，在這大戰將來之際，我不想讓任何一個人有什麼心理負擔，或者說為我難過……可是我卻莫名心酸，在這三天的時間裡，我卻是有很多話，很多事想說和想做啊。

在這種讓人窒息的獨處中，我的房間門被推開了，我以為是誰來找我了，卻看見是秋長老站在了我的門前：「掌門，你才從地下洞穴出來，身體還很虛弱，在這邊為你準備了一些藥膳，還有一些雪山一脈祕法調製的湯藥，你先吃，在這之後，再泡一會兒特別熬製的香湯。雖說這三天你不需要修煉，但調理身體是必須的。」

我有些木然的點點頭，我這一生也沒有過過這麼安逸，只需要修煉的日子，就算在竹林小築，那可惡的師傅也會讓我當「童工」，做飯洗衣，外加還要上學……我夢想的生活不外乎如此，安靜的修煉，生命中重要的人在身邊。

如今看來，好像是這樣的……但我也只有這孤寂的三天嗎？

說話間，秋長老已經讓人端來了他們準備的東西，我也沒有細看是什麼，就坐在桌前默默安靜的開始吃喝，秋長老就守在了我的旁邊，我隨口問道：「剛才會場珍妮姐帶來的我的家人朋友呢？」

「他們被妥善安排了，大戰在即，他們的到來，最大的原因也是為了讓你們安心，但他們自己也不願意耽誤你們太多的時間。所以，如果掌門願意，每天還是可以花一兩個小時去看看他們的。」秋長老為我夾菜，陪我說話，但他卻並不吃什麼東西。

「我這三天並不需要修煉，也不能自由的去探望嗎？」我忽然有一些吃不下的感覺，其實是我沒辦法說，我只有三天的時間了。

「按理說，應該是沒有問題。但是你是掌門，有時必須注意自己的言行，為他人帶來的影響……夜間再去吧。而且大戰之前，會有幾天讓你們盡情相聚的，掌門不必擔心。」秋長老笑著對我說道。

這話說得非常委婉，但實際的意思則是提醒我這三天就算休息，為了影響，最好是夜間人少之際再去，因為我是掌門了。

對啊，我是掌門了，可是我卻一點兒也不快樂，山野小子陳承一要適應這個身份，怕需要很長的時間，可是我還有什麼時間？

想到這裡，我忽然放下了筷子，對秋長老說道：「那讓他們來看我，沒有問題吧？這一點，我堅持。只是，不要特別的給我的父母姐姐說這個了，他們……他們我自己會主動去看的。」

畢竟，我的家人最是瞭解我，我真是怕他們會知道什麼，這樣對於他們來說太殘忍了，三天以後，明明我還站在他們面前，我卻已經不是我。

秋長老沒想到我會這麼說，稍微的愣了一下，然後對我說道：「好吧，如果掌門真的堅持的話……」

之後就是長長的沉默，秋長老在我吃完以後就出去了，而自然有人送來了祕密熬製的香湯，我站在窗前，並沒有急著去泡香湯，而是看著窗外。

這個小院朝著山門的入口，院門也沒有關上，視野極好，我可以看見山門之外的天空，此刻已經是夕陽西下，雪山一脈的各個子弟正來回的走動，一副忙碌的樣子，我大概知道此刻是晚食的時間，雪山一脈有類似於食堂統一進食的地方，他們是忙碌著去吃飯的。

很有生活氣息的一幅畫面，我以為我不怕死的，卻忽然發現我對生命其實還有如此多的留戀。

我不想自己想太多，所以終於收回了目光，然後把自己整個人扔到了香湯裡，在裊裊娜娜的蒸汽中，我儘量想讓自己的心情平靜，卻不想在這時，我房間的門再次被推開了。

我以為是秋長老來了，抬頭一看，卻是酥肉和沁淮提著一包東西和幾瓶酒站在了我的門外。

我下意識的想笑，卻不想這兩個小子忽然怪叫了一聲，衝進了我的房間，放下手中的東西，就朝著我衝了過來，在我還沒有反應過來的時候，就衝到了我旁邊一把把我的頭摁到了水裡，然後哈哈大笑……

其實我是修者，在水裡閉氣的功夫很厲害，而且他們又哪裡是我的對手，我回過神來以後一下子衝出水面，然後把這所謂珍貴的香湯潑了他們一身，接著三個人就是放聲大笑，如同最小時候的嬉鬧。

在鬧夠了以後，沁淮和酥肉也泡進了這個木桶，因為全身也打濕了，加上這個木桶本來就大得要命，就像一個小池子，三個大男人在裡面泡著，也不顯得擁擠，反倒正合適。

「沒想到有一天我酥肉也能泡到香湯啊，這可是有錢也買不來的享受。」一壺酒在我們之間傳遞，同時還有一枝菸，酥肉說這話的時候，把酒遞給了沁淮……

「瞧你那土樣兒，不就是香湯嗎？以後咱們承一就是掌門了，哥兒我想的就是，香湯這玩意兒，我泡一桶，倒一桶，誰敢說不？我就把承一搬出來，說掌門說可以的，那些老頭兒多半也沒辦法，哈哈哈……」沁淮還是那副吊兒郎當的樣子，喝了一口酒以後說得豪氣干雲的。

「行了，你這不是給承一找事兒嗎？」酥肉一副鄙視沁淮的樣子。

沁淮反鄙視了酥肉一眼，問道：「你丫還有一點兒幽默感嗎？」

說話間，酒已經遞到了我的手上，我灌了一大口這雪山一脈獨有的雪酒，然後笑著看他們鬧，窗外的夕陽到了最濃厚的時候，映照在房間裡，我忽然莫名的說了一句話：「還記得咱們第一次見面的時候嗎？」

第一百四十七章　三天（中）

第一次見面？這個話題讓酥肉和沁淮都愣了一下，剛才那歡樂的打鬧氣氛都一下子消失了，變成了稍微有些傷感的氣氛。

畢竟時光的無情，只有在回憶的時候才能具體的感受到，因為在回憶的時候，人才知道再也回不到當初，才能體會到物是人非，而就算那景那人還在，當初的心情是否就能回去了呢？所以，面對流逝而過的時光，沒有人能做到不傷感。

「我還記得第一次見到承一這小子，是在我初三的時候，那一天才開學，老師把你帶進來的，那眼神兒就跟小狼似的，讓自我介紹也不開口，我心想這哥們兒可能是個刺頭兒，以後說不定會和這小子打一架。結果，在放學的時候，我被幾個高中的小子追著打，你衝上來了，還記得嗎？承一，那一次……」沁淮說著就笑了。

我也跟著笑了，因為我從來沒有聽沁淮說起過這一段兒的心理，第一次見到我時，竟然會和我打一架，我笑著說了一聲：「記得啊，那一次，我記得我還弄壞了一輛自行車，是吧？」

「是啊，我也沒想到你會衝過來幫我一起打架，後來那一幫高中的小子人聚越多，你被逼急了，抓起一輛不知道誰的自行車就砸過去了，這樣還嫌不夠過癮，又衝過去拿起那輛自行車亂砸亂舞的！然後就把自行車給弄壞了，後來咱們倆還是打不過，被揍了不說，後來還賠人自行車錢，哈哈……」說起往事，沁淮好像很開心，忍不住哈哈大笑了起來。

那個年月的我，想念家鄉，想念父母，想念以前的朋友，不適應北京，也抱怨常年不在的師傅，又是十幾歲的年紀，真是一段充滿了叛逆的歲月。

「哎呀，現在還是要拯救天下的道士呢，也有這麼一段兒，可是三娃兒，你那時咋想著幫沁淮打架呢？」酥肉開口笑著問了我一句，這些年養尊處優的老闆生活，讓這小子越發的胖了，一笑下巴上的肥肉都在顫抖。

「因為，那天我去班上報到的時候，就看見沁淮一個人衝著我笑了一下。」原因其實就是那麼簡單，現在回想起來，那個時候孤獨又叛逆的我，是多麼的渴望一絲溫情。

「你笑啥？」酥肉也好奇，畢竟我才到班上的時候，他還想著和我打一架啊。

「這事兒的原因，我也在打架之後問過承一，我還記得我和他那天都被揍得滿臉血，就躺在學校的壩子裡，我問他，我又不認識你，你為啥幫我？他那時的普通話帶著四川味兒，我不太能聽懂他說啥，他又重複了一次，我才聽懂……他說他到班上的時候，就我一個人衝著他笑了一下。後來，我自己回想，好像是有那麼一回事兒，其實我明明想著這小子是個刺頭兒，咱們說不定會打架的，我笑啥呢？可是，我給不出答案，我就記得，他那天老師讓他自我介紹的時候，他不說，還挑釁一般，倔強的看了一眼全班的同學，不知道為什麼，他看到我的時候，我就是忍不住衝著他笑了一下。這事兒能說清楚嗎？我後來在想，我如果沒有笑那一下，我們還是不是能成為一輩子的朋友？我想肯定也會的，不是說緣分，緣分嗎？而這麼多年，我就是在想，所謂的緣分，就是無論如何也會讓兩個人走在一起的一條線，綁在心裡，扯也扯不掉。這應該就是我生命中，屬於我和承一的命運……一笑也就夠了。」沁淮說話的時候拿過掛在木桶旁邊的褲子，摸出了三枝菸，在我們嘴裡一人塞了一枝。

他轉頭的那一瞬間，我看見他眼眶紅了，我大戰在即，要說他不傷感和擔心是假的，只是那麼多年歲月走過，再激烈的表達都沒有意義了，一切的情誼都在細節中，無法言說了。

聽著沁淮動情的話，酥肉也愣了好一會兒，過了很久，才說道：「沁淮，你一文藝，我全身就起了雞皮疙瘩……不然，你來摸摸，摸摸？」

「滾，誰要摸你，邊兒去啊，哥兒我只摸女的不摸男的。再說你就跟一堆豬油似的……」沁淮一臉嫌棄的，故意誇張的躲開了。

而酥肉不依不饒的硬要湊過去要讓沁淮摸，也不知道怎麼的，把我也拖入了戰局，三個人又鬧了一陣兒，甚至驚動了隔壁的長老，他進來看見愣了一陣兒，結果就吩咐人再去給我們加點兒水，畢竟我們一鬧，弄得旁邊全是水，但這大戰在即，長老也給了我們最大的包容。

鬧夠了，木桶裡又加上了一些熱水，蒸汽再次在這屋中蒸騰，我們三個懶洋洋的靠在木桶邊兒上，沁淮一手拿著一塊兒他和酥肉帶過來的烤羊排啃著，一邊喝了一口酒，帶著悠閒地說道：「酥肉，我都說了我和承一第一次見面的事兒，你咋不說說？」

「其實我和三娃兒一個村的，要說第一次見面，我哪兒想得起？說不定在我們還是奶娃兒的時候，我們媽媽就抱著我們互相見過了。我只能說，關於我和三娃兒最早的記憶，我記得那是咱們村六公辦壽，開席，那真熱鬧，請了全村的人，我也被我爸媽帶去了，巧的是就和三娃兒一家坐一桌啊……」說著，酥肉臉上也流露出了回憶的笑容。

「就這樣，坐一桌就完了？」沁淮不捨的追問著。

「哈哈，三娃兒是事兒精，哪能這麼就完了？那時候的日子哪能和現在比，那種宴席可是難得的，因為很多肉吃啊。你知道我能吃，三娃兒從來也不差，滿桌子就咱兩小子，就跟兩小狼似的搶肉吃，結果雙雙被打，說是沒規矩。那頓飯我們都沒吃好，提前就被趕下了桌子，畢竟桌上還有長輩呢。」酥肉敲著腦袋，畢竟那個時候我們很小，還沒上小學呢，有些記憶已經模糊，帶著一些泛黃的色彩。

「那後來呢？」沁淮啃了一口羊排，滿嘴都是油，然後很夠義氣的往酥肉嘴裡塞了一塊兒羊排。

酥肉一口吞了，這才說道：「我被趕下桌子之後，就自己去轉悠了，畢竟在村子裡轉悠，都是熟人大人也放心，那段記憶我有些模糊，但我記得很清楚的是，三娃兒不知道怎麼的就找上了我，問我是不是沒吃飽，我就傻乎乎的點頭啊，結果，三娃兒帶著我去把六公家的小雞崽子抓了幾隻，偷了他媽的洋火，和我搗騰了一下午，把別人家的小雞崽子給吃了，哈哈哈哈……」

說著酥肉自己都開始笑了起來，我也跟著笑。那個時候，我是全村出名的讓人頭疼的皮孩子，這事兒就是我的風格，事情的結果我當然也還記得，我和酥肉雙雙被胖揍了一頓。

而沁淮抹了一把臉，說道：「那還真夠皮的，去把主人家的雞吃了，而且還是小雞崽子，你們真成。」

「你不說這個，我現在也覺得神奇。那時候，我們才多大啊，四、五歲的小娃兒就會弄這個了。但如果不是三娃兒，我想我一個人是做不出來的！我覺得三娃兒天生不凡，是不是就表現在這方面？小小年紀，就會偷雞摸狗，還會高級技能，烤著吃？沁淮，你覺得呢？」酥肉一臉的正經。

「嗯，我覺得也是！」沁淮也一臉的正經。

他們倆這表情看得我牙癢癢，一下子從木桶裡站起來，捧了一把水就朝他們兩個潑去，口中喊著：「你們兩個就扯淡吧……」

接著又是一陣笑鬧，在我們都鬧夠以後，酥肉用很小的聲音說了一句：「即使，我還能回到過去那段日子，我也肯定願意再和三娃兒一起偷雞……就算我也知道了肯定會被胖揍一頓，外加一個星期不能吃肉。很多事情，我都願意再和三娃兒去經歷一次，什麼跑餓鬼墓裡去了，什麼被那黑岩苗寨綁架了啊，其實我也不是年輕時候渴望神奇刺激的樣子了，我有家、有老婆、有孩子……容不得生活起太大的波瀾，但我就是願意，我放棄不了和這個朋友經歷的一切，那很珍貴，是我生命中的一部分，不可分割。我也能理解古時候那種為朋友兩肋插刀的感情了，為三娃兒我就願意，雖然我這身肥膘沒什麼用。」

酥肉的一席話，說得我們三個眼眶都紅了，沁淮再次抹了一把臉，說道：「狗日的酥肉，你不是說老子文藝嗎？你抒什麼情？」

「如果……我只是說如果，我沒了，或者我站在你們面前，我已經不是我，這可能有些難以理解，你們姑且這麼認為著吧，那麼，你們會怎麼樣？」我心裡憋得慌，回憶越是美好，對生命的不捨體會的就越是濃厚……不是害怕，真的只是不捨。

「你在說什麼啊？是在擔心大戰嗎？你真的不必擔心的，我剛才不是說過了嗎？你已經是我生命裡不可分割的一部分，說得不好聽一些，要是你真的有個什麼三長兩短了，你也永遠的活在我生命中！我酥肉是會活著，但老子會把你那一份兒跟著一起活下去，你的爸媽和家人我是義不容辭的照顧，跟親兒子似的。你絕對要信我。」酥肉一下子有些激動。

而沁淮只是看了我一眼，然後說道：「什麼你不是你了？這麼久的時間了，你早已經定格在我記憶裡的每一個你了，那是誰能代替的？就算你以後把刀子捅進我胸口了，我還是那麼看待你陳承一，我和酥肉是一樣的話，只要我活著，你就永遠活著，因為哥兒我帶著你的記憶在活著，就是你永遠存在著！承一，你永遠不會是孤獨的，再不濟我和酥肉是不離不棄的。」

我一下子揚起了頭，因為只有這樣我才能忍住快要流出的淚水，我，是這樣活著的嗎？

第一百四十八章　三天（下）

我不知道友情可以讓人親密到什麼地步，但是三個人在這個年齡還一起泡澡，從夕陽漫天到星空璀璨，就是一種無聲的證明了吧？

過命的交情，我想在沁淮和酥肉身上，我有這種感覺，他們也有。

在泡完澡以後，沁淮和酥肉要回去了，他們是想多留一些時間給別的人，而我們三個勾肩搭背的「招搖過市」，在送沁淮和酥肉到住處以後，我忽然又有千言萬語，只是化為了一個熊抱，在彼此的胸膛上狠狠搥了兩拳。

「走了。」我很簡單地說道，也許對於他們來說，這一個月還有再見面的機會也說不定，即使我要閉關苦修。

但是對於我來說，這或者真的就是最後一次見面，我不想讓他們看見轉身的瞬間，我所有對他們的回憶湧上心頭，而化作淚水，溢滿了眼眶，所以只能乾脆的就這麼忍著說了一句走了。

「等你回來，承一。」

「三娃兒，你無敵，你必勝。」他們大聲與我道別，這其實是對大戰的祝福。

我一邊任由眼淚橫流，一邊揮揮手，表示我知道了，那就這樣吧，然後朝著另外一個方向走去，我的家人住在那裡，我想去看看他們。

這是我們的道別，沁淮，酥肉……我一把抹乾了自己的眼淚，我覺得那一句活在了他們的生命裡，已經給我足夠的安慰。我的歲月沉積在了一個又一個人的回憶裡，那就是對我自己即將消失的意志的安葬吧。

「哎呀，老頭子，今天晚上你就要承一休息一下，我們明天去看他吧，你也不看看現在幾點了……」

「妳個老太婆囉嗦個屁，這個屁娃娃，咋不說今天來看看我們呢？我看他是當上官了，得意了，現在說不定在和誰喝酒。」

「爸，弟弟這些事，我不太明白，但你別在他面前抱怨啊，我心裡擔心著呢，說是一個月以後要打仗。」

「大姐，妳別擔心了，我們弟弟不一般的，他會沒有事的。」

「妳說，這孩子要打仗了，他……」

「老頭子，你忽然哭啥……你，你，別這樣啊……」

「我沒哭，妳哪隻眼睛看見我哭了……妳也是，瞎忙什麼？這裡的人傑地靈的，吃的那都是平常百姓吃不到的，妳到這裡來煮什麼東西？兒子現在需要的是大補。」

「你懂什麼？有什麼比媽媽煮的東西更補？你這個老頭兒，你不要找不到人罵，就衝我發脾氣……」

我的家人都被安排住在一個院落裡，見我來了，原本守著院落的一個雪山弟子就給我開了門，在我的示意下，他並沒有發出太大的動靜，而我爸媽都是大嗓門，我還沒有進屋子裡，站在院子裡就聽見了這些對話。

我忽然就愣住了，然後蹲下用拳頭把自己的胸口頂得生疼，然後才讓自己沒有哽咽出聲，我在心裡默默的告誡了自己一百遍：「陳承一，必須裝作沒事的人，必須，必須……」然後這才站起來努力深吸了一口氣，揉了揉發紅的眼眶，然後才故意弄出了很大的動靜，一下子推門走了進去。

正好就迎上了聽見動靜，要來開門的媽媽。

「媽。」我裝作笑得很輕鬆的叫了一句，然後故意吸了吸鼻子，有些驚喜的問道：「媽，妳在煮什麼啊，那麼香？」

而我媽一下子就高興了，一把就拉著我的手，對著我爸喊道：「剛才誰說兒子不會來的？你看，承一這不是來了嗎？你這個老頭兒，從來就是這樣，幾十歲了都不見你有一些穩重！」

「哼……來那麼晚，不如不來了。」爸爸有些下不了台，明明是很開心，故意別過臉去裝生氣。

我笑著走過去，拉著兩個姐姐，一起坐在了爸的面前，然後說道：「我這是一睡醒肚子餓就過來了。小時候不就這樣嗎？在外面皮到肚子餓了，就回來找爸爸媽媽要吃的來了。」

「哈哈，我就說呢……承一，我給你熬了火鍋湯啊，等一下就放菜進去。你小時候不是最愛吃這個了嗎？管這叫麻辣鍋。」我媽一聽這個就高興了，然後人一溜煙兒的就跑別的房間去了，也難為雪山一脈了，還為我媽準備一個能煮飯的地方。

我看著媽媽開心的背影，莫名的有些心酸，可是掛在臉上的卻是期待又輕鬆的笑容。我一坐下來，我大姐就開始問我那什麼打仗的事情，二姐也擔心的看著我，原本假裝生氣的爸爸也一下子轉了過來，渾然忘記了剛才生氣的事情，很擔心的看著我。

家人的關心是從來都不會少的，說是血脈的力量也好，說是一起相依的歲月早已在生命靈魂力刻下了彼此相連的印記也好，總是如同冬天裡最溫暖的火爐，讓人從內心感覺到放鬆和依靠。

我笑得有些僵硬了，乾脆站起來在屋子裡找出了一副圍棋，擺在了桌子上，雪山一脈的房間裡一般都備著這個，也不知道是不是為了讓門人弟子放鬆所用，到如今反倒成全了我的一番心願。

「其實這場戰鬥對於我來說，應該還是不會危險的，因為現在我肩負著雪山一脈，他們要做的是儘量保護我。」我故意說得雲淡風輕，事實上這場打仗，雪山一脈給予我的說法從來都是一樣的，那就是我是關鍵的，即便我不知道我究竟關鍵在哪兒，但在戰場上的關鍵往往也意味著危險。

說話間，我放下了圍棋盤，然後把圍棋子分別擺在了我和爸的面前，爸擔心的看著我，問了一句：「那雪山一脈能夠保護得了你嗎？」

「呵呵，爸爸，你知道嗎？這雪山一脈的大高手多了去了，你覺得我師傅厲害吧？我師傅在這裡面就排不上號。」我故意說得很誇張，其實是為了寬他們的心。

我這樣一說，我爸和兩個姐姐一下子就放心了，二姐挽住了我的一隻手臂，而大姐把手靠在了我的肩膀上，就如我們小時候非得拉著我逛街那樣親密的依偎著我。

「爸，來和我下盤棋。馬上我也要閉關修煉了，忽然就是想陪陪你下盤棋。」我若無其事地說道，然後和大姐二姐靠得更緊了一些，小時候的歲月穿過心頭，她們是真心的喜歡我這個弟弟，太多不能遺忘的回憶，只可惜不能說出來的是，我就要無聲無息的消失，她們如果知道，必然很難面對。

那還不如讓她們永遠不要知道……而我，就這樣無聲無息的消失吧。

我想的有些難過，而在那邊爸爸已經擺上了一顆棋子，有些高興地說道：「你們三個從小感情就好，就你這個三娃兒皮，你兩個姐姐還寵著。換別的姐姐，早就揍你了。」

「我姐疼我唄。」我笑得開心，也落下了一顆棋子，語氣中有驕傲，也有著對家人濃濃的依戀。

「還想著要找我下棋，我快忘了這手藝了，都記不清楚上一次和你下棋是什麼時候了。」爸爸認真的在擺著棋子，很無意的一句話卻說得很心酸。

很多年前我離開他們，深深體會到的是一種子欲養而親不待的疼痛，而如今我要先走一步，體會到的卻是一種怕他們傷心，而情願隱忍的情懷，這也許就是親情，在很多時候超越了死亡，剩下的只是濃厚的想要給予和牽掛。

一盤棋沒有下完，媽媽已經端上來了她煮的菜，熟悉的香味彷彿把我帶回了那些年的歲月，他們老了，我長大了，可是一世父母緣，經歷的歲月不會改變，於我也就夠了。

爸爸的棋自然是下不贏我，在這個時候自然是藉著要吃飯，硬是不下了，我也就依著他了。在我內心其實很想和他下完一盤棋，因為這可能是今生不再的事情，但我也只能笑笑的就算了，我不能讓他們感覺到我會離開。

這一頓飯吃得很溫暖，我都快忘記是有多少歲月，我沒有和家人這樣一起吃過一段飯了，隨意的閒聊、很自然的互相夾菜、很平常的招呼，多吃點兒這個那個……讓我沉浸在其中不能自拔。

曾經，我就這樣羨慕過萬家燈火，因為這些幸福對於我來說太遠，太遠……只是不知道，在萬家燈火背後的人們，是否又懂得珍惜這種幸福，不會讓莫名的利益和各種瑣事去蒙蔽這種幸福呢？可知道在你們的窗口下，是有人那麼羨慕著的，想要得到這種最平凡的溫暖。

「姐，在這雪山一脈有著最好的雪蓮，對妳們身體好，明天我找人幫你們要去。」

「姐，來，讓我幫妳弄弄頭髮，看這亂的。」

「爸，你這肩膀又開始疼了？得了，讓媽到旁邊去吧，我幫你捏捏，她沒力氣的。」

「誒，媽……妳這手腕是不是老毛病又犯了？來，我幫妳揉一下，這活血是必須的，忘記我和妳說的小辦法了？」

「爸媽，這熱水我讓人弄來了，我幫你們洗個腳吧……」

「來吧，別不好意思了。爸，你這腳趾甲我幫你剪了吧。媽，指甲刀給我。」

「媽，我來幫妳捏捏腳。這腳對應著很多內腑，捏腳好處多了去了。姐啊，妳們以後也多幫爸媽捏捏。」

第一百四十九章　如雪（上）

我很想留下來過夜，但是還是狠心咬牙的走了。

並非我不想多陪爸媽一些時間，而是因為我怕待得越久我越脆弱，會一不小心讓爸媽察覺什麼，之前我的表現讓他們已經有些小小的不安，我費了好大的勁才圓回來，儘管走出那個門那麼殘忍，但更殘忍的是讓他們察覺知道了一些什麼。

「剩下還有兩天的時間，我可以再好好陪陪他們。」我這樣安慰自己，但是腳步卻不是朝著我暫住的地方走去，而是朝著雪山一脈山門處走去。

其實我不願意承認的是自己的脆弱，面對生死的傷感，我怕一個人回到那個安靜空間的沉默，所以我選擇四處走走。

雪山一脈所在的地方很美，就像是在這片神祕高原上的一方淨土。儘管已經是夜，但這璀璨的星空卻是別的地方不能看見的……很美，讓我想起了道童子的故鄉。

我背著雙手在這草原上慢慢走著，就像走在一床厚毯上，時不時的就有不怕人的動物從我身邊擦肩而過，帶起一陣混合著青草和野花香氣的清風，如在夢中。在遠處星光下的湖泊又倒映著星空，一時間天地難分。

如此的美景，讓我的心情漸漸平靜，其實在時間洪流之中，在山川長河之內，我何其的渺小，長河一滴水罷了，我又何苦陷入生死去傷感？因為我還在這長河內不停的輪迴錘煉，隨著長河的奔流，不曾停止。

夜風吹來，吹起了我身穿的白麻長袍，在這高原的夏夜也帶著很深的涼意，可是我還是沒有一絲的睡意，儘管才從地下洞穴出來，身體已經很疲憊。

我想走到那邊的湖邊，去看一看湖中的星空。最近的一個湖，離雪山一脈的山門不是很遠，步行個二十分鐘也就差不多到了。雖然這裡的夜色璀璨，但畢竟是夜，目光所及的距離有限，一直到快走到湖邊，我才發現在湖那一側的大岩石上，好像有一個身影站立其上。

是誰在這樣的夜裡，和我一般沒有睡意，來到這裡看湖光山色，我的心微微有些好奇，如果同是滿腹心事的人，說不定能聊上兩句，彼此安慰。

這樣也算是一段緣分，那會不會是我生命中最後一段緣分呢？我自嘲的笑了笑，然後朝著那邊走去。

高原的夜那麼清透，無雨但風卻是很大，我在那塊大石之下衣襟飄動，而大石之上的人，同樣也是衣襟飄動。

漫天的星光流動，美到了極致，而我的心卻在這一刻彷彿停跳了一拍，時光在彼此目光碰撞的那一刻，已經靜止……星光漫天在這一刻也已經黯淡，我眼中只有岩石上的那個身影，那雙我已經看不透的眼眸。

這哪裡是我生命中最後的一段緣分，還要相遇的人，這個人是我生命之初就必須要遇到的人，因為上一世的緣分和債，讓我從出生開始，就註定要和她有一段糾纏。

我沒想到，無意的散步竟然會讓我在湖邊遇見了她——如雪。

在這一刻，道童子沉睡的意志有一些鬆動，好像在下一刻就會一下子出現，但終究是歸於了沉寂，但那種瀰漫的心痛混合著我的心痛已經充斥在了心間。

我不知道要如何開口，只是靜靜的注視著她，我希望她能在此刻讀懂我眼中的千言萬語，而在同時，我也開始嘲笑自己，明明是有那麼多話想說的，明明是想過千百次重逢以後我要如何，到這一刻卻變成了絕對的安靜。

「你也來了？」我沒想到先開口的是如雪，聲音一如既往的清清淡淡，就如同我們從來沒有分別過，她只是在給我打一個招呼。

「嗯，來了。」她如此說，在這一刻，我即便是有一肚子的話爆發在了喉頭，就要脫口而出，也被如雪這一句雲淡風輕的來了給憋了回去，變成了一句「嗯，來了。」

好像我們原本就應該如此對話一般。

這句話以後，我們又是短暫的沉默，好像某種感情到了一定的程度，人已無言，只能沉浸在自己的情緒裡無法表達。

風吹起如雪的長髮，她已經不是當年在苗寨裡的那般打扮了，如今穿著雪山一脈特有的白麻長袍，黑髮沒有任何裝飾的隨意披散，看起來更像出塵的仙子。

風亦飛揚著我的短髮，卻是好像吹起了當年回憶的點點碎片，全部飛舞在了眼前，初見時的清冷、動心時的掙扎折磨、在地下祕道中背負著我生命、在夕陽的窗後任我梳理長髮時的迷茫，還有在耳邊輕輕的一曲流光飛舞，一年一年冬天看一次電影的約定、積雪的密林中、絲絲的親密纏綿，最後分別時，那孤獨卻堅韌不曾回頭的背影。

我有些癡了，無數個她和現在的她重合在一起，她還是我生命中最重要，最不能忘懷，和我糾纏了兩世的女人——如雪。

「你要上來嗎？在這裡看著風景更加不錯。」在這種沉默中，如雪再次開口了。

「嗯。」我也從回憶的碎片中回過神來，然後一躍而上，跳上了那塊大石，然後看似平靜的一步一步走向如雪，和她並肩而立。

這一刻是如此的平靜，其實只有我自己知道，這每一步我的心跳是多麼的劇烈，我生怕這是我的一場夢，當我走近的時候，如雪又再次消失在我眼前。

半年纏綿，一生相思……那個時候的我以為能夠承受這樣的後果，實際上直到現在，我才知道根本就無所謂後果，也不用去承擔，從開始傾心的那一刻，就註定了命運，而命運既是每一天的生活，我只是這樣走過。

而我最終只要能說聲無悔，也就夠了。

如雪並沒有消失，這一次，她是真實的就在我身邊，那一步一步走近的時候，我很想是我能一步步走近擁抱她，那該有多好？但我只是最終和她並肩而立。

我不想矯情的說我這就滿足了……但她的味道還是那麼熟悉的飄灑於我的鼻端時，我覺得真的，這就滿足了。

「是不是很美？」如雪忽然開口這樣問道。

「是的。」站在岩石之上，整個湖泊就可以盡收眼底，還能望見更遠處的星空，哪裡又會不美？

「好多年了，我發現比起那些年月的你，你好像沉默了很多。」如雪又一次開口。

「人都是會變的，也可以說是會成長的。只是有些東西卻是不會改變的。」我輕聲說道，我想如雪明白我說的是什麼。

可是如雪並不接我這句話，而是望著遠處的星空說道：「是啊，人是會變的。我沒想到再見你時，你已經是這個神奇而神祕的地方的主人了。承一，該慶賀的是，你比起當年，更加的能夠背負自己的責任了。」

「不管是被動還是主動，我總是要背起責任的，我是老李一脈的弟子，這就是我們的宿命。我若任性的話……此刻，妳和我不應該是這樣的，對不對？」我忽然開口說了一個如果。

這言下之意，別人不明白，如雪一定能夠明白，其實不管是我還是她，如果都有那麼一絲任性的話，說不定我已經是她的丈夫，而她亦是我的妻子了，此刻的我們不管是在做什麼，肯定也不會是像現在這樣要面對一場生死大戰。

我不明白如雪為什麼會出現在這裡，可能是通過破開的空間，但出現的理由，我想也一定是與這場大戰有關，如果是因為她，她應該不會。原因也只有一個——她不夠任性。

我不也是同樣……而更苦的是，我不夠任性，亦不夠瀟灑，如果夠瀟灑，我也應該放下了，就如師祖那般，不是嗎？

我的這個話題在我們之間有些尖銳了，如雪沉默了一陣子，夜風更大了，一如當年，她的長髮髮端常常會掃過我的臉頰，只是當年之所以是當年，代表的也就是再也回不去了。

我不想氣氛這樣尷尬的沉默下去，我是一個只有三天歲月的人了，我還想和如雪多待一會兒，所以，我輕輕開口了：「妳剛才不是說該慶賀我能夠背負起更多了嗎？」

「嗯？」如雪顯然不懂我忽然轉變的話題，背後的意思是什麼。

「做為故人，那妳為我慶賀一下，好不好？」我忽然轉頭望著如雪，彷彿流逝的歲月並沒有在她臉上留下多少痕跡，看著這一張我魂牽夢繞的臉蛋兒，我的心莫名開始疼痛。

如雪沉默的看著我，靜待我的下文，眼中的情緒隱藏得很深，深到我什麼都看不出來。

「流光飛舞……」我開口看似很平靜地說道，回憶卻被帶回了那個飄滿楓葉的湖邊，那一個最後的下午。

第一百五十章　如雪（下）

如雪顯然沒有想到我會提出如此的要求，整個人都怔了一下，或許在她心裡，這份感情已經成為一個禁忌，她是如此倔強的女孩子，認定了繼續下去只是傷害，便會逼迫自己。

想到這裡我有些心疼如雪，她總是這樣逼迫自己，守著寨子，到最後守著龍墓……她到底承受了多少？不比我少吧。

如果放在以前按照我那糾結的性格，如雪這般，我也會守著自己不去越界，但如今我的生命只剩下了三天不到，我還有什麼好顧忌的。

所以，看著如雪有些發呆的樣子，我忽然就笑了，不再壓抑自己所有的感情與溫柔，就這樣看著如雪，然後一下子坐在了岩石之上，拍了拍身旁，對如雪說道：「我們的生命其實何其的短暫，一個月之後就將有一場生死大戰，如雪，陳承一說不定什麼時候就會沒了，妳又何必吝嗇一首歌？妳當我故人也好，朋友也罷，請妳為我再唱一曲吧。」

如雪深深看著我，在那一刻迎上我笑容的是她一絲心痛，她沒有說話，到底坐在了我的身旁。

很多年前我們就常常這樣並肩而坐……如今，在這個清澈的星光之夜，她再度靠近我，我感覺恍然如夢，不想再顧忌什麼，很自然的把手放在了她的腰上，然後微微用力把她攬入了我的懷中。

如雪的身體瞬間就僵硬了，她低聲說道：「陳承一，你忘記了我們曾經的約定嗎？」

「如雪，別動，就這樣。」我什麼都沒有回答她，只是望著遠處的水天一色，難分天上湖中的星空，低聲說了這麼一句。

如雪的身體還是僵硬，可卻下意識的沒動了。

我也不管她此刻在想什麼，只是低聲地說道：「妳也許會認為我唐突，也許會認為我忘記了約定，我只是想說，我沒有忘記約定，而沒有忘記的原因，不過是因為沒有忘記妳，也沒有忘記我……」

說到這裡，我已經說不下去了，和如雪相識這麼多年，我從未那麼直白的對她說過我愛妳，到如今也是說不出口，但她應該明白我的意思吧，因為我感覺到她的身體在微微發抖。

接著我感覺到了她稍許的掙扎，然後對我說道：「承一，忘與不忘，結果已經註定，你又是何必？」

「如雪，如果陳承一就要沒了呢？妳是否還捨得這樣堅持？妳何不讓我在最後能做一個夢？」我看著如雪，眼中流露出一絲悲傷，我沒有具體的說什麼，但相信我的眼神她會懂。

「你在胡說什麼？一場大戰，你就覺得你註定會……」如雪一向清冷，在這個時候卻忍不住微微有些憤怒的望著我。

我笑著說道：「不管大戰與否，也不管是什麼，讓我夢一場吧。從妳離開到如今，我已經忘記了幾年，因為我不想去記得這些，更不想去說我如何思念妳的細碎。這麼多年我恨過也怨過，因為妳竟然如此捨得不見，但最終還是愛著……當是為我慶賀也好，當是安慰我也好，妳當真捨得連一場夢都不給嗎？」

如雪看著我忽然不再說話，下一刻她輕輕倚在了我的肩頭，就一如當年。

「承一，你不會沒有的，不會的……」我沒想到如雪會就這樣倚在了我的肩頭，心中的各種情緒一下子交集在一起，還未平息，如雪已經輕輕握住了我的手，低聲呢喃著。

下一刻，我還想說什麼，她已經用手輕輕的捂住了我的嘴，然後開口輕聲的唱道：「半冷半暖秋天，熨帖你身邊，靜靜看著流光飛舞，那風中一片片紅葉……」

再一次，熟悉的歌聲在我耳邊縈繞，那麼多年，魂縈夢繞不能相忘的聲音也終於再一次聽見，我的喉頭有些哽咽。

夜色很美，夜風吹過湖面，湖面蕩起微波，星光隨著湖面一起蕩漾，美得讓人窒息。如果可以，我真的就想生命停留在這一刻，不要再有將來……可惜，時間會因為誰而停留呢？

一曲「流光飛舞」已經唱完了，在這湖光山色之中，我和如雪都半晌沒有動，夜風也許很冷，但還有彼此可以取暖，不是嗎？

但一場夢，終究只是一場夢，如果我還有選擇，只是選擇主動一點兒去結束它，那樣可能心不會那麼疼，我原本是打算告訴如雪，道童子和魏朝雨的事情，因為如今看來如雪毫不知情，但我終究是沒有說。

有些疼痛的往事，一個人記得和知道也就夠了，何必讓如雪也因此痛苦，即便到陳承一消失了，她也不知道我與生俱來的胎記中，除了靈覺強大的原因，還有就是帶著她的印記來到了這個世間。

這樣想著，我輕輕的放開了如雪，站了起來，故作瀟灑地說道：「好晚了，如雪……我要回去了，謝謝妳的流光飛舞，這場夢很美，至少夢中除了星光，就全是妳。夜風很涼，妳也別在這裡待太久。」

說完這句話，我轉身就走……生命只剩下三天，或許可以讓我放肆一些，但我的放肆不意味著我要給如雪一生的沉痛，如果讓她察覺出來什麼，最有可能發現道童子不是我的人，那一定就是如雪，因為道童子不會像我這樣孩子氣的望著如雪笑。

但是我每走出兩步，衣袖卻被拉住了，我回頭，看見是如雪拉住我的衣袖，我不明白如雪為何會如此，不由得問了一句：「如雪……？」

可是她卻一語不發，忽然就撞進我的懷裡，一下子抱緊了我。

我有些呆呆愣愣的，過了好幾秒才反應過來，緊緊回抱住了她，她沒有抬頭，只是埋首在我懷中說道：「承一，在龍墓裡的歲月是沒有時間的，因為過得清冷也平淡，我沒有後悔過，但我依舊需要支撐，而支撐我的，一直都是你的存在。我也許很倔強的隔離了我們彼此，因為在現實是就算我不倔強，我們已經註定了分別，一入龍墓棄凡塵，我是一個已經丟棄了凡塵的人，我又怎麼可以拖累你？」

「如雪。」我不知道應該說什麼，只是將懷中的人抱得更緊了一些。

「承一，我不敢見你……可是，你不能沒有！就如我剛才所說的，你是支撐著我的存在……想著你在世間的某一處角落活著，我也會覺得充滿了勇氣。所以，你再也不要說陳承一如果沒有了的話。」如雪的聲音輕輕的，就算如此濃烈的感情，在她表達起來也是淡淡的。

我心如刀絞，這句話我應該如何去答應她？命運似乎已經不可以逆轉，但如雪好像也不需要我回答，好像我這樣的默然已經是給了她一個答案。

她抬頭望著我，忽然就輕輕觸碰到了我的嘴唇，我感覺到了冰涼的淚水，在這個時候，再也忍不住的抱緊她……然後回吻住了她。

這已經是時隔多年，而感情這種事情，不是說你我說好了，就一定能壓抑得住。

在和如雪的糾纏中，我彷彿忘記了時間，能有這樣的一吻，彷彿生命都已經徹底圓滿……最終，如雪輕輕推開了我，然後頭也不回的轉身就走，只有一句話飄蕩在風中：「今夜，也是我的一場夢。」

唇齒間，好像還殘留著如雪的味道，我看著她的背影，並沒有叫住她，我很感激她在我生命的最後表達她對我的感情，給了我一個圓滿。什麼都不重要了，就包括她怎麼會兩次莫名的出現，我都不想要答案了。

我不該留下痛苦給她，就算龍墓清冷的日子，她好好的活著，未嘗也不是對我的安慰。

風聲吹散了我的歎息，夜已深。

第一百五十一章　夥伴

回去自然是一個無眠之夜，但夜不會因為我的無眠就停留，而人也不會因為我的思念就圓滿。

師傅早就教會了我思而不能得，念而不能為的背後，需要的是一顆平和之心，不要只看眼前，而對於今夜出行，遇見如雪，還能有如此一番相遇畫在我的生命中，給我一個無憾，我應該感恩。

在各種雜亂的思緒中，我也不知道是什麼時候迷迷糊糊的睡著，而當醒來的時候，已經又是一天天明。

我三天的生命來到了第二天，我卻好像沒有什麼感覺，在醒來的片刻，兀自在床上發呆，因為昨天的夢太過光怪陸離，一會兒是道童子和魏朝雨，一會兒是我和如雪。

好像糾纏得很深，卻怎麼也記不住結果……甚至隨著想得越久，整個夢就越加模糊。

我苦笑了一聲，就如同懊惱的孩子，在醒來的瞬間告訴自己一定要記得夜裡夢的內容，卻是隨著醒來的時間越長，夢裡的內容越加記不住，最後懊惱得忘記了整個夢裡到底是些什麼內容。

既然想不起來，我也懶得再想，翻身起床，剛剛穿好衣服，負責照顧我的秋長老就推門而入了。

我有些詫異看了一眼秋長老，我這才起來他就知道了，未免……而秋長老卻波瀾不驚地說道：「掌門，已經等候了多時，終於聽見房間中有了點兒動靜，我這就叫人把給你準備好的食物端上來。」

我有些尷尬，原來是別人已經等候了多時，忍不住問了一聲：「長老，現在這是什麼時候了？」

「接近中午了，原本一直想叫醒你，但想著昨天你才從地下洞穴出來，難免疲憊，又是熬著到了深夜才回來。我無意中聽見掌門輾轉反側了很久，就不忍心叫你了，讓你多睡一會。」秋長老淡淡地說道，在那邊已經要吩咐人為我把食物端上來。

我愣了一下，在感激秋長老照顧我負責的同時，也叫住了他，僅有三天完整的自我，我的時間很緊，莫名的睡到了第二天中午，我已經是充滿了罪惡感，所以我說道：「秋長老，不用了……我去我爸媽那裡吃。」

「可是掌門，你的身體還有靈魂都需要調理啊。」秋長老回頭，有一些反對的意思，畢竟站在他的角度，有些不能理解我為什麼會這樣？要求三天倒也罷了，急著和父母朋友在一起，又是為了什麼？因為要參加大戰的遠遠不只我一個人啊。

「秋長老……就這樣吧。」我無法解釋，只能強勢。

而秋長老無奈的看了我幾眼，最終也只能同意了我的想法，畢竟很多事情雖然他不能理解，勉強也可以歸結於人之常情，他不能在這個事情上左右我的行動，說到底我還是雪山一脈的掌門，即便我無意用掌門這個身份來壓人。

秋長老退去了，我很快收拾完畢就到了父母那邊，在親情的溫暖下，時間總是過得很快，而我發現其實無論環境怎麼變化，就像是在小村子也好，雪山一脈也好，無論時間怎麼流逝，父母姐姐年輕也好，年老也罷，對待我，都像對待那個幼小時候的陳承一。

親情讓人感動的地方不外如是，因為它有一種永恆不變的牽掛與關心，不會因為時間和環境的變化而產生一絲變化，親人總是始終如一的溫暖。

所以，和他們待在一起時間會過得那麼快，一切會那麼的讓人留戀，但到了夜裡，我還是不得不離開，我怕自己沉淪得再深一些，就會忍不住軟弱，忍不住在爸媽面前嚎號大哭，因為於我，對他們的心情也是一樣，無論我變得怎麼強大，爸媽和家人始終是我心靈上最強大的依靠，在依靠面前，人會不自覺的就軟弱。

這就是我強迫自己要離開的理由，而在這一次，我才走出了父母所在小院的那條街道，就看見了一個身影隨意的靠在牆邊，當看見我走了出來，一下子挺直了身子，燦爛的笑容就掛在了臉上。

「哥……」他叫了我一聲，我走過去緊緊攬住了他，習慣性摸了摸他的光頭，儘管有些吃力了，但這多年的習慣怎麼可能輕易的改變。

這個身影是慧根兒。

這個小子在經歷了粗糙的青春期以後，到了現在這個年紀，已經越發出彩了，模樣漸漸越來越清秀，整個人有一種內蘊的感覺，而小時候那個小圓蛋兒的樣子已經漸漸模糊，連圓溜溜的大眼睛也變得細長清秀了起來。

剛才他那一笑非常燦爛，如果不是和尚的身份，這小子會吸引小姑娘的。

此刻我攬著他，走在雪山一脈平臺那交錯的街道上，而他卻還一如小時候那樣的喋喋不休：「哥，額聽說啦，你太厲害了，真從那個地下洞穴中走了出來，帶我的長老說你最後遇到的是一條龍啊！哥，你就是無所不能的……你一直都是額的偶像，真的咧。」

我笑，即便在別人眼裡慧根兒怎麼改變，是變得成熟了也好，殺伐果斷也好，在我眼裡，他骨子裡的東西卻始終未變，就連說話裡那股陝西味兒都還改不掉。我拍拍他的肩膀，笑著問了一句：「我是你偶像，那慧大爺呢？」

「額師傅？他不行……為老不尊，這個年紀還和額搶雞蛋。」慧根兒一說起來，臉就一下子垮了下來，看起來有點兒委屈的小模樣。

我的眼前卻好像產生了幻覺，彷彿看見了小時候的慧根兒，那個小小的，總愛讓我抱著，賴著我的小圓蛋兒，愛吃雞蛋，更愛吃蛋糕，最後再哭著對我說：「哥，額再也不吃蛋糕了。」

到如今，讓我一把再抱起他，顯然已經是不現實的事情了，但在那些歲月中，他把我幾乎是當成唯一依靠的歲月是不會磨滅的，我知道，我也活在慧根兒的記憶裡，也許多年以後，他還是會記得我抱著他時的安心吧。

想到這裡，我的心情彷彿豁然開朗了許多，想著他和慧大爺還在搶雞蛋，忍不住放聲大笑。慧根兒在我身旁，有些不好意思的抓了抓光頭，說道：「有什麼好笑的嘛？」

我摸摸他的光頭，也不回答，只是問道：「你怎麼會在那裡等我？」

「不光是我啊，還有大家都來了嘛。承清哥、承心哥……都來了！結果你不在，一個長老告訴我們你去爸媽那裡了，我們就等著，但我想你了啊，你在地下洞穴裡都待了好些天了，我也想問你關於地下洞穴的事情，我等不了，所以我說要來接你。孫強聽說了也要一起，他還一定要說是我二哥，我不幹，我說只能去一個人接哥，然後我們就打賭，我贏了，我就來了。」慧根兒說到最後，越發的得意，一笑就露出兩排潔白的牙齒，眼睛也瞇了起來。

我聽得無語，其實我發現不管是慧根兒還是強子都有一些孩子心性，慧根兒一向是如此，而強子或者是因為避世在寨子裡苦修的時間太長，造成了這種心性，也或者是受到了什麼影響。

我沒有再多想什麼，只是攬緊了慧根兒，不知道為什麼，聽說大家都來了，我有一種莫名的安心。

「不是在閉關苦修嗎，怎麼想著來看我的？」但我還是追問了一句，我只剩三天存在時間這個祕密，恐怕只有我一個人知曉，他們閉關苦修，晚上是有時間的，原本多的是時間相聚，忽然一下子都來找我了，我還是忍不住問了一聲。

「是如月姐聽說你要放鬆三天，就約大家一起來了啊。原本昨天就想來的，你不知道我們有多擔心你，聽說你從地下洞穴中走出來了，我們太興奮了，就連帶我的長老都不可思議的覺得你創造了一個奇蹟。」慧根兒越說越興奮，手舞足蹈的。

我沉靜的笑著，心中卻想著，這是上天的憐憫嗎？還是註定了我已經快要消失在這世間，給我一個彌補，讓我這生命中最後的三天，可以和我一個又一個最重要的人相聚？

讓我到最後，可以有一個無憾？

這樣想著，我和慧根兒已經走到了我所在的小院，推開院門，我看見坐了一院子的人。

第一百五十二章 不知不覺，回憶太多

進門的瞬間，我看見了他們，他們也看見了我，每個人臉上都帶著笑容。承清哥晃了晃手中的酒壺，對我比了一個大拇指，我聽聞自從上一次在墳前祭奠李師叔以來，承清哥就愛上了喝酒，幾乎每天都會喝那麼一些。

他的心事似乎有些重，但他不願說，所有人都保持了沉默。

他望著我笑，我也笑，笑容還未褪去，一個身影已經撲向了我，親熱的挽住了我的手臂，還是那一聲熟悉的：「三哥哥……」我不用回頭也知道是誰了，親暱的摸了摸她的頭髮，笑著說了一聲：「如月，見到妳姐姐了嗎？」

如月顯然沒想到我提出這樣一句話，原本看著我的笑容一下凝固在了臉上，有些遲疑的叫了我一聲。

顯然她怕我有心結，畢竟我和如雪之間的事情，在座的人除了路山和陶柏知曉的不多，每一個人都是知道的。

「沒關係的，傻丫頭，我和妳姐姐很好，就像夢一般美好。」說這些話的時候，我的嘴角帶著笑，但是整個人微微有些呆滯，因為不自覺的又想起了昨夜和如雪的那一場重逢。

「三哥哥，你真的沒事兒？」如月有些擔心的看著我，或許在她看來，我這個狀態有些瘋癲了。

在這個時候，一個人一把拉過我，對如月說道：「妳別擔心他了，他既然能主動說起，就證明沒有多大的事情。真正有什麼是不會主動說起的，就像傷口一樣血淋淋的，誰會沒事兒就撕開一下？」

我抬頭一看，拉我過去的是承心哥，雖然說出來的話有些許的傷感，臉上卻是依舊帶著招牌春風般的笑容，其實我知道，他是刻意帶我避開這個話題，不想讓今夜的氣氛變得傷感。

接著，肖大少大步走過來，從承心哥手裡又一把拉過了我，把我摁在人群中間，說道：「今天晚上說好，是不醉不歸的。今晚過後，咱們各自努力，一場大戰等著咱們，看我肖承乾如何在大戰中崛起吧。」

我被摁在了人群中間坐下，這個時候強子憨笑著給我遞上了一壺酒，然後緊緊挨著我坐著。不知道為什麼，這些日子過去以後，我發現強子的戾氣少了很多，身上依稀又能感覺到以前那個憨厚少年的影子了。

「大戰中崛起？肖大少……你越發的張狂了啊。」肖承乾的豪言壯語引來了承真的玩笑，承真原本就是強勢的性格，遇見張狂的肖大少，兩個人之間的「火花」不少，比起承心哥和肖大少之間還要吵得多。

「好了。」在喧鬧之中，承清哥忽然站了起來，高舉著手中的酒壺，大聲地說道：「今夜是我們大戰之前的最後一次相聚，一是為了承一成功走出地下洞穴，成為雪山一脈掌門慶祝。第二是為了我們這生死過命的交情，在大戰以後還能繼續。我們乾杯吧，今晚不醉不歸……」

說話間，承清哥舉起酒壺，仰頭就喝下了一大口，酒液順著他的嘴角流到了胸口，一向清冷的他，難得展露出這樣豪爽的一面，我們的情緒頓時都被承清哥所感染，共同喊了一聲乾杯，無論男女，全部都舉著手中的酒壺痛飲。

雪山一脈特產有幾種酒，其中最出色的就是這取名為「冷泉」的白酒，以雪山之巔萬年不化的白雪釀製，雖然也是青稞酒，但在其中加入了一些珍貴的藏藥，入口就能感覺到白雪的冷冽，卻是在腹中爆開一團熱火。

我們喝的就是這種冷泉，入口的清冷化為了心中的火熱，在一番豪飲之後徹底爆炸，然後氣氛開始變得熱烈了起來，我們開始談天說地，說這些年經歷的種種，生死之間的感情，也開始說未來。

說老了以後，我們就長伴在一起吧，青山綠水的隱居，無聊了就天下肆意的漂泊。至於那一場大戰，被我們刻意的遺忘，就像以前很多次一樣，我們總會在生死之間闖出一條路來，而每個人都好好的。

我差點就被這種氣氛所感染，忘記了自己生命只剩下三天的事情……有些期待那種將來的美好，卻發現我已經觸摸不到，眼眶莫名的就有些發熱，我想我是不是醉了？

我靠在了坐在我身邊的強子身上，眼光掃過在場的每一個人。

「穆承清，清字取自於，清心，清目，看透因果之意。從四歲開始跟隨……」

首先，我看見了坐在我前方的承清哥，到今日他的頭髮幾乎已經全白了，整個人顯得更加清逸出塵，我卻彷彿回到了那日，我們小輩們的初聚，他那麼翩然走出，眉清目秀，清冷的樣子就如同一個翩翩書生。

「蘇承心，心字取自於醫者仁心，師傅名仁，我名心，暗含一脈相承之意。從七歲開始……」

接著，我的目光又看見了把手臂搭在我肩膀上的承心哥，如今的他笑容未變，但當日的瀏海已經被一絲不苟的梳了上去，含笑的眼角多了一些滄桑，我卻還依稀記得那日，他走出來，清亮的眼睛，春風般的笑容……看著我們，就如同一塊美玉，讓我當時就心裡酸溜溜的承認這個男人當得起溫潤如玉。

「季承真，珍字取自於去偽存真，看透真實之意，從九歲開始跟隨……」

承真已經喝多了，此刻趴在我的背上正在指手畫腳的和如月說著什麼。她越來越氣質凌厲，充滿了氣場，就好像另外一個珍妮大姐頭在成長起來，但是那一日的她，青春飛揚的樣子我都還記得，眉眼間的英氣，落落大方的姿態，只不過比起現在多了一些青澀。

面對著承真激動的訴說，如月笑得眼角彎彎，拿起兩個紅彤彤的果子，自己脆生生的咬了一個，然後很隨意的遞給了我一個。

如今的如月比起當年改變了太多，整個人雖然依舊活潑火辣，但是也多了一份沉穩，可是，我和如月認識得比我的師兄妹們還早，在小小年紀的時候，就已經相遇。

我怎麼能忘記，她被凌青奶奶牽著從車上下來那份兒驚豔？小鎮子上何時有她那麼好看的女孩子？又怎麼能忘記我第一次見她，那瓦片兒似的頭髮，她說，我這個哥哥頭髮好奇怪。

她小時候的那份古靈精怪和靈動的雙眼，已經成為了我生命中的一抹亮色。

我咬了一口手中的果子，還沒來得及下嚥，就被慧根兒一把搶了去，他對我笑，然後毫不猶豫的拿著手上被咬了一口的果子，大口的又咬下一口，然後眉清目秀的臉頓時笑開了，喊了一聲：「甜。」

「也不嫌上面還有承一的口水，是不是你哥咬過的果子都甜啊？」承心哥看得好笑，逗了慧根兒一句。

慧根兒理所當然的說：「就是！」大家一陣兒哄笑。

誰不明白慧根兒對我的依賴，我伸出手去習慣性的又想摸摸他的光頭，卻發現他站著已經很高了，清秀的臉配上衣服之下也不能掩蓋的流暢肌肉線條，在人群中開懷大說的時候，胸襟微微敞開，露出了一點點血色的紋身，在情緒高昂，喝酒之後他的紋身也會若隱若現。

他和慧大爺從來都不是太守戒律的和尚，在必要的時候是不戒酒的。總之，他已經長成了一個真正的男人，但我又怎能忘記，在那個恐怖而封閉的荒村之中，我在沉睡中醒來，那個頂著我的鼻子的小腦袋……他說我是他哥哥。

他總是膩著我，那個時候的他，眼睛又大又圓，臉蛋兒也圓嘟嘟的，聲音稚嫩，最好賴著我抱他。

這邊承願已經拉了拉在人群中瘋得忘形的慧根兒，笑容越發溫和賢淑了，卻在笑容之下透露著一股堅韌的氣質，比起當年，整個人經過歲月，各種氣質越發的成熟了。

但我又怎麼能忘記，在元懿大哥的家裡初見她時的憐惜，在那一個大雪紛飛的日子，她選擇了不同的一生，和我一起走出家門的背影？

「哥，這樣真好……」在這邊強子忽然在我耳邊說了一句，笑得也非常開心。

如今的強子早已經變得強大，可是荒村初見，那個連普通話都說不好，羞澀沉默的少年，在爺爺死後，那個無助卻又堅強的少年我又怎麼能忘記？

那邊路山也難得笑得開懷，陶柏依舊是躲在他的身後羞澀，想當年，第一次見他們，我還充滿了敵意……如今，生死幾回以後，還能捨棄嗎？

原來不知不覺當中，回憶已經太多。

第一百五十三章 大戰之後當有大喜

酒不醉人人自醉，以滿滿的回憶為菜，酒液入喉，別有一番滋味，眼前變得模糊，我想我早已經醉了。

而大家也同樣是如此，一片片的醉倒在地，深夜小院已經橫七豎八的睡滿了人，我枕在慧根兒的肚子上，慧根兒兀自在說著醉話：「哥，額現在又敢吃蛋糕了，你帶額去吃全世間最好吃的蛋糕吧，麵包額也吃的。」

我笑，酒意沸騰在心中，我也不知道該說什麼了，很想知道在我沒了以後，道童子會不會帶著慧根兒去吃蛋糕？

「三哥哥，我到底要不要和沁淮結婚呢？算了，你肯定會說要的，那也得等大戰以後。三哥哥，我的胖蟲子很厲害哦，你也不一定能打得贏，哈哈哈……金蠶從來都是進化未知的存在哦。」如月靠著我，醉得更加厲害。

我很想伸手去捏捏她的鼻子，卻發現我眼中重影，怎麼也捏不到如月的鼻子，倒是承心哥在那邊吃吃的笑，罵道：「陳承一，你這個白癡……手在那裡亂舞做什麼？你倒是過來啊……

我好像看見沈星在我面前，我……看不清楚，你來幫我看看？」

在那邊承願靠著牆，默默看著承清哥不語，而承清哥默默的迴避著承願的目光，又喝了一大口酒，然後猛然轉身，忽然就走到承願的身邊，伸出手，又放下……最後，竟然軟軟癱倒，就這樣靠在了承願的腿上。承願的臉上帶著莫名溫柔的笑容，一隻手輕輕的放在承清哥的頭上，從他的花白的頭髮上撫過。

「哥，我的拳打得好不好？」在那邊，強子一個人在院中亂舞，拳腳早已經不成章法……可是威勢還在，虎虎生風。

「好！」我迷迷糊糊的開口，然後舉手不停拍掌，心中卻是恍惚，總覺得看見了很多，想要知道結果，但生活已經不屬於我，沁淮和如月，承願和承清哥……可是我還來不及傷感，忽然脖子就被勒住了。

我咳嗽了一聲，卻看見肖大少一張臉喝得通紅，在我耳邊胡言亂語地說道：「這個承真真的太囂張了……你說，我要把她娶進門去，我能收拾她嗎？」

我還來不及說話，肖大少臉上脹得更紅了，拍著我的背，頭枕在我的肩頭說道：「承一啊……我已經不是大少爺了，我肖承乾現在什麼都沒有？但是我覺得承真是不會嫌棄我的，對不對？說起來，你是她大師兄，就是她大哥……她大哥呢，就是我大舅子，對不對？承一，不如我在你這裡下聘禮吧？你看這個……這個怎麼樣？我身上最貴的東西。」

說話的時候，肖承乾從長袍裡摸出了一個鐵盒子，那是他最珍貴的雪茄，我呵呵的笑了一聲，說道：「肖大少，你一盒雪茄就想娶走我師妹？」

可是，我還沒來得及說話，承真忽然衝了過來，一把拉起醉得軟綿綿的肖承乾，忽然就吻了上去。

「好哦……」「哦，他們親了……」「阿彌陀佛……」這個舉動讓小院中一片沸騰，大家忽然都歡呼了起來。

承真也有些醉眼朦朧的看著肖承乾，說道：「你說的，娶我。不用聘禮，你要的話，就把一顆心拿出來吧。」

他們什麼時候……？我發現，原來在時光流轉中，有太多我不知道的事情，情愫也在這生死與共的時間裡早已深種，而我願天下有情人都能細水長流的幸福。

而在大家起鬨的聲音之中，肖承乾一把摟緊了承真，他說道：「承真，若是大戰以後，我肖承乾還活著，妳就一定是我的妻子……一定，我就在這雪山一脈茫茫的草原上，大開宴席的娶妳，然後和妳在一起一輩子。」

「好啊……」「我×，太肉麻了……」

大家又在起鬨，可是幸福中的兩個人哪裡還管我們？緊緊的擁抱著……我看見，在那邊路山溫和的看著已經醉得不省人事的陶柏，看著幸福中的肖大少和承真，眼中寫滿了祝福與落寞。

而承心哥在起鬨的時候，忽然兩行淚水就從眼中滾落，他悄悄擦去，叼了一枝菸在唇上，慢慢就默然不語。

承清哥帶著清淡的笑容，頭枕在承願的腿上，承願眼中依舊溫柔，只是輕輕的把手搭在了承清哥的肩膀上，承清哥握住了那隻手。

我心中真誠的祝福，可是也難免酸澀，若是當年，我肯留在苗寨，或者如雪願意義無反顧的跟我走，我是否也會對如雪說，娶妳，咱們在竹林小築擺好多桌，然後再在月堰苗寨擺好多桌，我就要熱熱鬧鬧的，讓許多人看著妳成為我的妻子。

終究只是一聲歎息，我忽然大喊了一聲：「承清哥，你娶了承願吧……我是大師兄，我為你做主了。」

大家一齊的轉頭，看向了承清哥和承願，他們猛地一愣，承清哥清冷的臉上帶著猶豫和掙扎，顯然他和李師叔一樣，帶著一種異樣的古板，不像我和我師傅那麼瀟灑脫不羈。

倒是承願忽然充滿勇氣地說道：「承一哥，你當真為我們做主？」

「當真！」我認真喊了一句。

「那好，大戰以後，我元承願要嫁給穆承清。承一哥，我就把這個幸福押在你身上了。」承願無比認真地說道。

「好，承清哥，到時候和我們一起辦酒席吧，咱們一起娶媳婦兒，在這草原上，擺個三百桌，熱鬧到死……」肖大少緊緊抱著承真，大喊了一句。

承清哥的臉上終於也不再猶豫，重重的點頭，然後期盼的目光看向了我。

我笑著點頭，算是承諾，心中的淚水卻在這一刻沸騰，我在大喊：「道童子，你知道的吧？你一定知道的吧？你到時候要為我的同門請願，如果真的有那麼一場婚禮，你要好好的扮演陳承一，你絕對不要讓大家難過。」

但是道童子的意志卻沒有給出任何的回應……可我知道，他一定知道的，我也不介意在我消失以前，一遍遍的提醒他。

夜已深……在一片情感放肆之後的喜悅中，大家終於醉得不能再醉，紛紛徹底的在院中醉成一片沉沉睡去，再也不能動彈。

秋長老出來看到這麼一片，不由得歎息了一聲：「這一群年輕人啊……」然後吩咐人直接在院中鋪墊了一番，把我們抬上去，我有些昏沉沉的站起來，說道：「不用抬我，我還沒有徹底醉。」

「我也是，那就麻煩秋長老為我們準備兩碗醒酒湯吧。承一，要和我談一談嗎？」這個時候，一個聲音柔和的響起在我身後，我一看，正是路山半靠在牆邊，溫和的笑著看著我。

我點頭，對著秋長老說了一句：「那就勞煩秋長老了。」

秋長老沒有說什麼，只是看著我和路山，還有睡得橫七豎八的一群人，再次歎息了一聲，說了一句：「這群年輕人啊。」

雪山一脈的醒酒湯很特別，明明是溫熱的溫度，但入口卻是有一股說不出來的清冷，刺激得人思維一陣一陣的，漸漸清晰，而我和路山本也是修者，隨著氣息的運轉，想要散發出一些酒意還是能夠做到的。

在醒酒湯喝完之後，我和路山也都清醒了七、八分，坐在小院兒裡的石桌上，路山先是憐惜的看了一眼陶柏，又看了看大家，對我說道：「承一，人們老是說希望世界和平，但是你覺得有多少人能體會和平的真意？可能這一種真意，是要真的經歷過了顛沛流離，生死戰場，才能更深的體會到吧……」

「那真意是什麼？」我也看了一眼大家，其實心中若有所感。

「真意就是更加懂得珍惜未來的美好。和平，是一個讓你有未來可以期待的詞語，不是嗎，承一？」路山笑著說道。

「是啊，那一幕一定會很開心，很熱鬧。我是說，如果承清哥和肖承乾同辦婚禮的時候，多麼好的未來，讓人多希望能夠沒有那場大戰。」我輕輕開口說道。

「就像我，這一生很開心遇見你們，很遺憾卻是和你們認識得太晚，唯有未來可以期待。所以，也就更加的期待和平，沒有那場大戰。」路山說得很認真。

我沉默，說起來，我有一天的未來可以期待，算不算是期待？

「承一……」路山忽然開口叫我。

「嗯？」

「出去走走？」

「好。」

「你知道我要說什麼了嗎？」

「你的故事。」

第一百五十四章　從天而降的妳（上）

雪山一脈的夜晚都很美，但同樣的夜，與如雪經歷的和與路山同行的，感覺是那麼的不同。

與如雪一起，任何的一絲美景，都能勾起內心無限的心事；而與路山一起，兩個人關注的卻不是什麼美景，草地在腳步之下「沙沙」作響，沉默走著的兩人，感受到的是一種男人之間，互相扶持的不孤單。

我們還是停留在了我和如雪昨夜所在的那個湖邊，依舊是那塊岩石，我和路山同時一躍而上，然後在岩石之上坐下了。

盛滿星光的湖水，微微的夜風，路山從長袍裡摸出了一包菸，分給了我一枝，我們一起默默的點上了菸，淡藍色的煙霧氤氳開來，路山也終於開口了：「其實，一直以來，好幾次我都想給你講我的往事，但這不是一件什麼愉快的事情，我甚至懷疑我是否有勇氣去講這個故事。」

「每個人都有無法忘記的事情，也不一定沒辦法忘記的，就一定是好事兒，對不對？」我安慰了路山一句，事實上原本生活就是如此，甚至是越傷心越遺憾的，越是難以讓人遺忘。

「我是一個孤兒，一個藏區的孤兒……」路山說著忽然就望著我笑了。

我很吃驚，但是細想起來，路山除了對陶柏悉心的照顧，幾乎沒有怎麼提起過他的親人，原來是有如此的典故。

我沒有插嘴，而路山卻是繼續的說了下去：「但說是孤兒，也不完全的是，我只是沒有了父母，但是我還有爺爺奶奶，和一個舅舅……當然，這是漢人的稱呼，總之你能明白這層關係就是了。」

「那這樣的話，你的小時候也不算沒有依靠啊？」我從小過得溫暖，父母、姐姐、師傅都很疼愛我，我無法對路山的身世去感同身受，但下意識的就希望路山也是能得到依靠和疼愛的。

路山夾著菸，看著遠方的湖泊，並沒有直接回答我的問題，而是微微的一笑，帶著一種悠遠回憶，滄桑不堪回首的意味說道：「我從來沒有見過我的爸爸媽媽，我奶奶告訴我他們是失蹤在了雪山的深處，是為了找一個神祕的存在。」

「啊？你爸媽他們？」我有些吃驚的看著路山，總覺得這背後總有個了不得的故事，一對普通的夫妻如果是過普通的日子，怎麼會跑去雪山深處找神祕的存在，還留下一個小小的幼兒，路山的爸媽有故事嗎？

面對我的疑問，路山望著我苦笑了一聲，然後說道：「承一，我如果告訴你，我不只從來沒有見過我的父母，連我父母的事情我也很少聽說，你相信嗎？」

「我自然相信。」我的內心不知道為什麼也湧起一絲苦澀，好像路山那個苦笑也刻進了我的心裡，失去父母原本就是很可悲的事情，連父母的一切都知之甚少，那是怎麼樣一種心酸的童年？

「可也不是完全的不知道吶。」路山一下子躺在了大石之上，嘴上叼著菸，然後眯著眼睛說道：「在小時候，我奶奶曾經給我說過，我爸爸是一個受人尊敬的人，而我媽媽非常美麗，他們都很疼愛我。我媽媽缺少乳汁，我爸爸每天都會給我擠羊奶，在大雪紛飛的時候，都不曾間斷過，而我小時候身子弱，我媽媽更是整日整夜的抱著我，不肯讓我離開她的懷抱，我爸爸還曾為我採藥。只是這些回憶我一絲都不記得，我只恨那個時候我太小。」

我也和路山並排的躺下了，我明白他的心酸，美好的回憶偏偏記不得，連爸爸媽媽樣子都記不住的難過，原來這就是路山的童年。

而我也知道了，什麼事情並不是沒有因由的，路山是一個出色而神祕的修者，而他的天分肯定和他的爸爸媽媽有關係，即便他也不知道他爸媽的事情。

「是不是覺得我很苦？承一？」他忽然笑著問了我一句了，但是不待我回答，他又繼續說道：「其實在我七歲以前是不苦的，我爺爺奶奶憐惜我失去了父母，很疼愛我，總是護著我，我們家是牧民，家裡雖然算不上富裕，但是還是有一群羊兒的，衣食也是無憂。唯一不喜歡我的是舅媽，從她嫁進來以後，連著我舅，也沒有給過我好臉色。」

「嗯，後來呢？」我繼續問了一句。

「後來？我說了，因為爺爺奶奶的存在，我舅舅舅媽也不會拿我怎麼樣，再說那個時候分家了，他們也有了自己的羊群，牧民就是隨著羊群走的，其實也沒有多大的交集。可是，人的生命是有限的，對不對？我爺爺奶奶畢竟老了，再加上過於思念我的父母，他們的身體衰弱得很快，我常常看見奶奶在夜裡哭，念叨我爸爸的名字。」路山說到這裡，菸已經燃燒到了盡頭。

他的側臉看起來有一些憂傷，雖然他說得輕描淡寫，但我知道從小無依的他，對自己的爺爺奶奶會有多麼深的感情。

路山又點燃了一枝菸，沉默了好久，才說道：「我記得那是一個冬天吧，我七歲的冬天，特別冷的冬天，連草原都積雪了，久久不散，就是在那個冬天，爺爺和奶奶相繼去世了。之後的事情，其實很狗血……總之，你也不需要知道得那麼詳細，大概就是我開始和舅舅舅媽一起生活，而爺爺奶奶留給我的羊群，也是屬於他們了。」

路山說起這段往事的時候，更加的輕鬆，彷彿那些受過的苦根本就不值一提。

「恨他們嗎？」我的眼中是無窮的天際，燦爛的星空，其實在這蒼穹之下，我們是何其的渺小。而恨，仔細想起來，也是何其的不值一提？你放在心上，就是恨，你不放在心上，那麼一切都與你的生活和快樂無關。

「之前有恨的，在他們家裡是吃不好的，還有沉重的家務事壓在身上。稍微大一點就去放羊了，而且什麼都要讓著弟弟，弟弟一個不開心，我就會被揍。我想爺爺奶奶時，也會在晚上一個人抱著最心愛的羊，哭著喊爸爸媽媽……你說小小的我，如何能不恨？」路山望著星空，也是悠悠的歎息了一聲。

「後來就不恨了？」我問了一句。

「也就不恨了，如果沒有他們，我一個七歲的孩子也無法順利的在茫茫的草原長大，畢竟我那個時候也不會放羊，草原上還有狼群，還有各種未知的危險……他們對我不好，至少讓我長大，就算吃得不好，我也還能吃飽，不是嗎？」路山悠悠說道。

「你很豁達啊。」我簡單的評論了一句。

「承一，換做你的性格，可能比我會更早想通，只因為你如果記著恨，會活得很痛苦，而看著恩情，你就會活得輕鬆快樂豁達一些，他們無論如何，也是養育了我幾年。而那個時候，我以為日子就會那麼過下去了，等著長大了，能娶上一房媳婦兒了，舅舅舅媽多少也會分給我一些羊吧，就算不多，我也可以過我自己的日子了，我覺得只要我努力的勞動，羊群就會慢慢的變大，我的日子就會好起來，那個時候我最渴望的事情就是長大。」路山說起這個的時候，臉上帶著笑容，好像那是一個很美的夢，我能理解，如果真的可以這樣過下去，何嘗又不是一種幸福？

「那後來又發生了什麼？」我不自禁的問道。

「能發生什麼？你大概也能猜測到吧？只不過你猜不到的是細節罷了。」路山再一次淡淡笑了，那笑容就像沉浸於回憶，不願意自拔。

「那你直接說吧。」其實，我應該能猜測到，他的命運發生了某一種轉折，而這種轉折可能和那個充滿了邪惡的神祕寺廟有關。

「那一年我十一歲，已經是一個成熟的牧民了，我熟悉草原，熟悉羊群，已經習慣了放羊的生活。但就算這樣，也不能防備神出鬼沒的草原狼，在那個夏天，我出去放牧……不知道為什麼，一向平靜的牧場裡，來了一小群草原狼。我在那個時候陷入了困境，捨不得每一隻羊……在和舅舅舅媽生活的日子裡，我對每一隻羊的感情都是那麼深。」路山看了我一眼，問道：「能理解？」

「嗯。」我點頭。

「也就是在那一次，我遇見了白瑪，那個改變我生命的女人，在我趕著羊群，和狼對峙逃命的過程中，我遇見了她。」

第一百五十五章　從天而降的妳（中）

「在狼群中遇見，這相遇可夠刺激的。」我看見路山的臉上浮現出了一絲笑容，忍不住調侃了一句。

我只是想讓氣氛輕鬆一些，即便此刻我的內心也在顫抖。和路山相處了那麼久，從點點滴滴我就能猜到某些殘酷的結局，我也忘不了我第一次見到白瑪是在萬鬼之湖，她來自路山隨著攜帶的鼓中，帶著無比神聖聖潔的氣息。

這就是白瑪……如果是一個美好的結局，她怎麼可能出現在鼓中？

但是路山好像沒有想起這些，而是用一個輕鬆姿勢，雙手枕著頭，聲音帶著悠遠的氣息說道：「是夠刺激的，當時小小的我騎在馬上，著急的趕著羊群。那些草原狼狡猾，沒有著急著咬我的羊群，而是慢慢的想要把我們包圍，而就是在這個時候，我路過一個瑪尼堆的時候，我看見了白瑪，她從瑪尼堆後走了出來。」

「呵呵，出現得可夠突然的。」我也用同樣的姿勢和路山並排躺著，感慨了一句。

「不，絕對不突然，瑪尼堆是神聖的，在我們藏人眼裡是有著大法力，要被祭拜的……

我覺得是神把她帶到了我的面前。我永遠忘不了那一次的相遇，我那麼慌亂，看見她的時候，卻一點兒都不慌亂了，整個人都呆住了。在那個時候，我覺得她是一個小小的神女，因為只有神女才長得那麼好看，潔白如玉的臉蛋，純淨的眼眸就像高原上的湖泊，這麼靜靜站在我的面前。」路山的聲音變得沉醉，彷彿已經陷入那一場回憶不可自拔。

傳說真正有緣的人，在相遇的瞬間總是震撼……因為心有所感，那股心靈的電流不能阻止。就如我初見如雪，就如沁淮初見如月，也就如路山初見白瑪。

而經歷了一些在一起的人，也並非沒有這種緣分，也只可能是上一世修得圓滿，不是那麼糾纏交雜，就如魏朝雨和道童子，這樣的緣分又該讓人怎麼去評論？

我沒有打斷路山，我願意和他一起去回憶，而伴隨著他的聲音，我彷彿也來到了那個悠遠的大草原，被狼群漸漸包圍的困境……然後和神女相遇時的呆滯。

「能讓我上馬嗎？」這是白瑪開口對路山說的第一句話，在那個時候，白瑪的懷中抱著一個小小的嬰兒。

「上……上來。」路山有一些結巴。

「我其實不想結巴的……但是，你知道嗎？被那種神聖的光芒籠罩，自慚形穢的感覺，我說不好話。現在想起來可真是丟臉。」路山忽然說著也就笑了。他身世坎坷，小小年紀就成了放羊娃，估計那個時候穿得也不會太乾淨，在初初知道男女差別的年紀，遇見這麼一個小女孩，也是可以理解的。

儘管路山是如此的心理，但是白瑪也並沒有在意什麼。她帶著一種笑容，用路山的話來說，笑容中有著一個小女孩不該有的仁慈，然後抱著懷中的嬰兒上了路山的馬。

在那個時候路山不知道她是從哪裡出來的，茫茫的大草原充滿了危險，一個小女孩怎麼可能抱著一個嬰兒走在這裡？但他不敢問。

甚至在馬背上，他都微微弓起了身子，不敢太過靠近這個小女孩，因為他怕褻瀆了這個小女孩。

可是那個小女孩卻沒有半分對路山陌生的感覺，也更不可能嫌棄路山，她抱著懷中的嬰兒，輕輕轉身對著路山說道：「騎著馬兒往那邊吧。」

在這個時候她的手一指，指向的是狼群的方向。

路山愣住了，難道這個女孩子沒有看見可怕的草原狼嗎？這大草原上的風悠悠的吹動，那一邊茂密的牧草也隨著風擺動，很分明的，那一隻隻草原狼就藏身在草叢之中。

「那邊，有狼。」儘管羊兒發出不安的「咩咩」聲，還是阻止不了路山那狂亂的心跳，只因為他開口對白瑪說話是那麼緊張。

「不怕的。」這個時候，她回頭又是一笑，也在這個時候，她才流露出了一點兒小女孩天真的感覺，好像是在鼓勵一個大哥哥，然後她又對路山說了一句話：「你相信我嗎？」

「嗯。」路山重重點頭，就彷彿受到了某種蠱惑一般，駕起了馬兒，毫不猶豫的衝向了那群草原狼。

「那個時候怎麼想的?十一歲也不傻了,怎麼敢朝著狼衝去?」我問了一句,這個時候路山又遞了一枝菸給我,抽菸不是一個好習慣,男人之所以會依賴它,只是因為男人不能將情緒表達得太熱烈,只能用這種含著麻痺鎮定的菸草來穩定自己的情緒。

「呵呵……你要問我這個?回憶已經太久遠了!但我怎麼能忘記她的笑容,和那一句相信我嗎?承一,你是沒有見過那樣的笑容,讓人從內心感覺到想對她虔誠。」路山點燃了菸,語氣儘量壓抑得很平靜,可是其中那種炙熱,就算用冰冷的語氣說出來,也一樣能夠穿透人心。

我沒有說話,沉默了,在這世間,也有一個人的笑容,能夠讓我生出虔誠的心,因為那個笑容就像雪中的仙子、月下的精靈,也是那麼聖潔而美好,讓我不忍褻瀆,曾經我就是常常這樣看著如雪的笑容發愣,所以我理解路山。而在那茫茫的草原上,一匹馬載著三個小孩,毫不猶豫的衝向狼群,這一幅畫面卻是太殘酷了,可是卻又有一種說不出的意味在其中。

「怕嗎?」風吹起了白瑪的長髮,上面掛著星星點點的裝飾,飄拂在路山的臉上,帶著異樣的香氣,這是一般藏區的女孩子身上沒有的香氣,一種很特別的只屬於白瑪的味道。

「我不怕。」路山的聲音也不知道是被風吹得顫抖,還是因為真的還是有一些膽怯而顫抖,關於草原狼凶殘狡猾的傳說太多了。

「為什麼不怕?」距離越來越近……白瑪的聲音也帶著小女孩的好奇。

「因為妳要我相信妳。」不知道為什麼,路山的這句話說得分外的流暢,沒有在風中顫抖了。

這個時候，坐在馬前的小女孩主動的拉一下韁繩，馬停住了，距離最近的草原狼只有不到十米的距離，而狡猾凶悍的狼群眼中閃著冰冷的光芒，盯著這一馬和三個小孩。

「如果說狼真的要包圍我們，要咬死我們，我要保護她。」這就是路山心中的想法，他絲毫不怪白瑪把他帶到這狼群的跟前，他也忘記了不遠處焦急的羊兒，他只是無限的滋生出這種勇氣和這個堅定的念頭。

「你不要說話，我來和狼群說話。」白瑪的聲音卻在這個時候傳入了路山的耳朵，很淡然，淡然到像理所當然。

「啊？」路山卻震驚了，這個神祕的女孩子是在和他說童話嗎？

可是在下一刻，這個女孩子卻雙手舞動，口中也在念著一段路山聽不懂的話，還真的是很神祕，像是在和狼群對話，而我判斷這個應該是那個寺廟獨有的手訣和咒語吧？我也並不奇怪白瑪有這個能力，我想起了在草原上追蹤我們的那隻蒼鷹，想起了曼人巴身邊的巨狼，這就是這個寺廟的底蘊和傳承吧？

路山的講述卻在繼續，雖然在那個時候，白瑪做出了如此神祕的舉動，但是狼群卻並沒有任何的改變，甚至眼中冰冷的目光已經漸漸變得凶殘，而遠處蹲在一塊大石上的頭狼，有一種充滿了人性化的感覺，彷彿就是在嘲笑他們。

但也就在白瑪做完手勢，念完那奇怪的路山聽不懂的話以後，一切安靜了，路山感覺到白瑪身上好像散發出了某種不一樣的力量，不是針對這些草叢中的草原狼，而是那一隻頭狼。

路山不明白這是什麼，可是他也是天生不一般的，他感覺到了某種未知、神祕、玄而又玄的力量在蔓延。

這種力量讓他忘記了身邊的危險，忘記了身陷狼群之中，而這些狼群已經蠢蠢欲動，只等頭狼的一聲命令，就會毫不猶豫的撲上來。

「啊嗚……」終於，頭狼發出了一聲長嚎。

而陷入這種玄奇力量中的路山一下子被驚出了一身冷汗。

第一百五十六章　從天而降的妳（下）

他看見狼群動了，紛紛朝著他和白瑪所在的方向奔跑而來，下意識的路山就夾緊了馬腹，想要策馬離開這裡，如果不去管羊群，憑著這匹不算強壯的老馬，也有一絲機會逃出狼群的包圍。

如果不能，他覺得自己就會毫不猶豫的跳下去馬去，給馬兒減輕一點兒負擔，讓這個如神女一般的女孩子和她緊緊抱著的懷中小嬰兒，從狼群的包圍中逃脫。

在這個時候，路山感覺到了自己的幾分悲壯，卻也無悔的心理，他甚至想像到了自己徒手和狼群搏鬥，然後被狼群撕了的那份慘烈。

可是這樣的話，這個小神女會在一生的記憶中都記得自己吧？路山如是的想到，覺得最後的一分害怕都沒有了。

馬兒在焦躁不安的跺著腳，而路山馬上就要策馬奔騰，卻在這個時候被那個女孩兒抓住了手腕，那一下路山如遭雷擊，下意識的就想抽回自己的手臂，他怕玷污了自己心目中的神女，卻不想女孩子稍微用力抓緊了他，再次回頭，雙眸是那麼的清澈，她說：「不是說好相信我的嗎？」

「嗯。」路山重重的點頭，而此時狼群已經跑到了他們的身邊。

「我曾經以為這個世界上再也找不出任何一樣事物，能比白瑪的雙眼更讓我安心了，知道嗎？承一，我曾經以為自己失去了安心，直到遇見了你們，我才重新找回了我的安心。說回那個時候的事情吧，在如此危險的情況下，我竟然忘記了要跑，就是白瑪的那雙眼睛讓我無比的安心，那種感覺就好比前方是懸崖，只要白瑪告訴我，那是安全的，我就會毫不猶豫的走出去。」路山的語氣中帶著一種堅定。

在這個時候，我感覺他對白瑪的感情簡直不只是愛，甚至是信仰。

因為在如此驚險的情況下被狼群包圍，還直面狼群……我聽著都驚到了，而路山那一年那麼小的一個小孩兒，竟然會選擇不逃跑，去相信一個可能比他還年幼的小女孩。

小小的年紀，也許不懂愛情，只能說白瑪先給他的是信仰，她是他心中的信仰。

「那後來呢？」夜風吹來，彷彿為故事裡的緊張帶來了一份輕鬆的意味。

「後來，哈哈……」路山忽然就笑了。

後來，確實是讓人想像不到的……那就是狼群從他們的身邊跑過，卻根本沒有攻擊他們，而是朝著另外一個方向遠遠的跑開了，特別是那隻頭狼，在經過路山的老馬旁邊時，停了下來。

而那個小女孩忽然把懷中的那個嬰兒交給了路山抱著，然後一下子跳了下馬，朝著那隻頭狼走去。

路山看了一眼懷中的嬰兒，有著和那個小女孩一樣白白淨淨的臉蛋兒，五官清秀，卻不是那個小女孩那般驚為天人，也不知道是不是巧合，在路山看向那個嬰兒的時候，那個嬰兒忽然衝著路山一下子就笑了。

路山愣住了，在他心裡小孩子不是整天都哭啊哭的嗎？怎麼會有這麼安靜的小孩，沒有聽他哭過，而且還在自己看著他的時候，衝著自己笑呢？

「呵呵呵……」忽然一串銀鈴般的笑容打斷了路山的沉思，路山轉頭，看見了一幅刻入他靈魂的畫面：陽光下，微風中，翻滾的草叢裡……一個高貴得如同神女般的女孩子，帶著最天真純淨的笑容，摟著一隻巨大頭狼的脖子。

而原本應該凶惡無比的頭狼，此刻難得流露出了像狗狗一樣溫和的神情，依偎著小女孩，用毛茸茸的大頭蹭著小女孩的臉，這幅畫面之所以刻入靈魂的深處，是因為這是純淨對凶狠的一種征服。

在那一刻路山又呆住了，而小女孩望著他說道：「我弟弟喜歡你。」

「你弟弟？」路山不解。

「我弟弟就在你懷裡啊。你這個人怎麼老是喜歡發呆？」小女孩這個時候放開了頭狼，站了起來，那隻頭狼一步三回頭，戀戀不捨的走了一小段路，終於跑動了起來，朝著已經跑遠的狼群匯合而去，一場危機就在這麼一個小女孩的輕描淡寫中解決掉了。

「妳是神仙嗎？」這個時候的路山鼓足勇氣問了這樣一個問題。

「哈哈……我不是神仙，我是白瑪，我叫白瑪！你叫什麼名字？」她看著路山，眼中有了一分親切，因為她弟弟喜歡路山。

「我……我叫澤仁。」路山也報出了自己的名字。

而從這一刻開始，就是他們的相遇，最初的見面。

「想知道那個小小的嬰兒是誰嗎？」講到這裡，路山忽然停下了講述，轉頭問我。

「其實我大概能猜出來是誰，但還是你說吧。」其實，在和路山的相處中，看著他對陶柏的保護、愛護著緊的樣子，我還會猜不出來嗎？那個嬰兒十有八九就是陶柏。

那一次的相遇不僅僅是路山和白瑪的相遇，也是路山和陶柏的相遇。而陶柏的那一笑，是不是也意味著從今以後的緣分，他們相依為命，生生死死的緣分？

命運真實讓人捉摸不透的東西。

「其實我不賣關子，承一，你也應該猜到了吧？那個嬰兒就是陶柏，確切的說他就是白瑪的弟弟，他們是那個寺廟的聖女和聖子。而那個寺廟，你也應該知道是哪個寺廟，就是曾經追殺過我們的那個寺廟——拉崗寺。」路山終於說了出來，這一次連帶陶柏身世的祕密也說了出來。

「那你們怎麼會是江一的手下？又怎麼……而且白瑪的父親，他……」在這個時候，好多的謎題一下子湧現在了我的心裡，我根本無法把這些線條串聯起來，組成路山和陶柏生命的軌跡。

「你慢慢聽我說完啊。」路山卻並不著急，這一次他沒有再掏出菸來了，而是從懷中掏出了一壺酒，然後給自己灌了一口。

「拉崗寺，其實是一個神聖的寺廟，在哪裡誕生過修者圈子裡最仁慈、最偉大的喇嘛。不要以為喇嘛就是指藏區的和尚，其實能配上喇嘛這個稱呼的和尚可不多！但是，這一切後來都變了，而變故就出自拉崗寺這個神祕的寺廟上一代的住持，我說住持你好理解一點兒吧？」路山這樣說了一句。

我認真的聽著，覺得路山也在給我揭開一個極大的祕密，甚至可能和我們的以後有著巨大的關聯，因為師傅曾經說過，要在這裡找蓬萊，而開啟蓬萊之門，必須要某個寺廟中的聖物。

「我們先不說拉崗寺，說說白瑪吧。到今天，我都沒有問過白瑪為何那天會那麼巧合的出現在瑪尼堆後，我只是相信命運讓我們相遇。因為那一次，她弟弟，也就是陶柏對我展露的笑容，白瑪一下子就和我拉近了距離。也是在那一天，在解除了我的危機之後，她並沒有急著離去，而是和我一起放羊。」路山的聲音再次變得悠遠。

原本是高高在上的神女，對誰都有著憐憫仁慈笑容的神女，在對路山多了一分叫親切的東西以後，那一層聖潔的光環就變得淡了，更多的就像是一個小女孩。

放羊是一件辛苦的事情，可是對於白瑪來說卻是那麼的新鮮。在愉快的放羊過程中，路山也漸漸放下了對白瑪的不敢靠近，變得敢說話起來。

他們也談話，也說了很多，路山還說起了狼群過來時，想要勇敢的救白瑪的心情，而這無意中的話，讓白瑪本人也對路山多了一分親切感。

「那我以後每隔幾天就來陪你放羊吧。」在要離開的時候，白瑪如此對路山說道。

「是真的嗎？」沒有比這個還能帶給路山驚喜了，他原本沉浸在就要分離的惆悵之中。

「嗯。」白瑪鄭重點頭。

而那個時候，夕陽下的草原，所有所有的緣分，就是從那一刻開始了。

從天而降的女孩兒，落在了路山苦難的生命裡。

第一百五十七章　命運

「接下來，是我最快樂的一段歲月，也是我活到現在一生中最想再過一次的歲月。其實，我相信每一個人心中都珍藏著那麼一段歲月，在午夜夢回的時候，想重新再過一次。」路山聲音不知道為何聽起來有一些飄渺了。

而對於這麼文藝的話，我卻莫名其妙的有共鳴，我又何嘗不想再和如雪有一個半年呢？只是心中這麼想，話到了口中，卻變成了調侃路山：「你小子什麼時候也這麼文藝了？」

「才不是文藝，聽我說說吧，就算只是廢話我也想說，因為說起來，就好像我重新過了一次那樣的歲月，可是放在以前，我卻不知道對誰說。」路山這樣對我說道。

「那就說吧。」我舒展了一下身體，看著星空，無法忘記的歲月，無法忘記的人。

從那一次的約定以後，白瑪就這樣正式出現在路山的生命裡了，如果說路山的童年是充滿了苦難，那白瑪就是老天為了彌補路山，放了一個生命中的精靈給他。

他們常常在路山放羊的草場相見，有時候白瑪會抱著自己的弟弟，有時候不帶他來，在天高雲淡茫茫的草原上，隨處都留下了他們的歡笑聲。

但白瑪帶給路山的不僅僅是這些，路山是孤兒，自然是無人理會他上學認字的問題，但白瑪就會教他，不僅教他寫藏語和說漢語、寫漢字，還常常會帶一些書給路山看。

有時是普通的雜誌讀物，有時是藏傳佛教的經文，而有時甚至是一些教科書。她好像懂很多，總是給路山講解他不懂的地方，她好像也很聰明，總是給路山赫然開朗的點撥。

她還給路山講外面的世界和歷史，而路山原本就是一個也很聰明的人，白瑪成為了他生命中的啟蒙老師，給他推開了一扇神奇的門。

任誰都會想不到，世間竟然有如此精靈般的小女孩，完美的容顏和聰明豐富的大腦，最重要的是還有一顆善良的心。

「為什麼要說她善良，是因為在她知道了我的身世以後，常常會給我帶吃的，是各種各樣我都沒見過的精美點心。她總是喜歡笑吟吟看著我，總是和我說你要吃飽。承一，如果在你苦難的歲月中，出現這麼一個女孩兒，你該如何的形容她？我已經找不出來更好的形容詞了，只能用我第一次看見她的感覺來形容她，她就是個神女。有時候我真的希望她是我一個人的神女，可惜她從來都不是。」路山有些感傷，可他的眼神迷茫，猶自沉浸在自己的回憶中。

「是啊，神女……在這樣的歲月裡，出現這麼一個女孩子，那是要刻進靈魂裡的，那可能是生生世世都不想遺忘的。」我也這樣說道，如此的美好，如此的善良，就算一生無法擁有她的愛情，她也值得一生去銘記。

路山笑了笑，沒有說什麼而是繼續講述著。

曾經，他以為他的生命就這樣在茫茫的草原上天長地久了，他沒有想過這樣的日子在什麼時候會結束，就像每天放羊和下午的約定已經成為了再正常不過的生命，誰會想到有結束的一天呢？除非是生命的盡頭。

而這樣的日子一過也很久，從十一歲那年開始到十六歲，路山已經真正成長為了一名少年。過了整整五年，路山怎麼可能以為它會結束？

也就是在那一年的下午，白瑪再次和路山相約，而在這一次，一切終於發生了轉變。

路山看見白瑪是高興的，因為她也不是每一天都出現，最長的時候，三天之後才出現，短的時候，幾乎那幾個月天天都會出現。而那一次，路山和白瑪已經整整五天沒有見面了。

這就是路山高興的原因，他思念白瑪，能見自然高興，可是他實際上卻並不擔心，就因為他們的約定就是路山以為的生活，他認為永遠不會失效。

但在這世間，在這宇宙中沒有什麼是永遠的，只有輪迴才是不變的天道，除非跳出去，但跳出去的不可能是一件事，只能是一種精神，一種錘煉過的精神，即為道。

路山在那個時候哪裡懂這些，可能即使他懂，也不會想，他只是高興的衝到了白瑪的面前，問道：「白瑪，這些天妳去哪裡了？我書裡還有一個問題沒弄懂，想了很久，自己想出來的答案也不知道對不對？妳看，就是……」

路山揚起了手中的一本書，很開心的給白瑪說道。

十一歲的年紀不懂愛情，可是十六歲卻已經是情竇初開，路山明白自己已經是深深的愛上了白瑪，可是他卻不敢逾越雷池半步，白瑪一向最喜歡他積極的學習，所以路山總是很積極的在白瑪面前表現成這樣，而每一次他也能得到白瑪最熱情的回應。

可是這次白瑪卻沒有看路山手中的書，而是望著路山，傷感說道：「澤仁，從明天開始我就不能來這裡了，以後都不來了。」

「啪」的一聲，路山手中的書落到了草地上，風吹過，書頁「嘩嘩」的作響，一切變得沉默。

路山有千言萬語，可是到這一刻竟然不知道從何說起，所有的情緒化作了一股傷感沖上了腦子，最後紅了眼眶。

白瑪也是無言，眼神中除了傷感，更多的卻是一種堅定。

在這樣的沉默中，路山終於是開口了，他是真的怕，從明天以後再也見不到白瑪了，他說道：「白瑪，那我們的約定就失效了嗎？」

在這個時候，路山才發現自己沒有任何的底牌，唯一抓在手中的只是一個約定。

「就算天長地久也有盡頭，約定也會隨著時間淡去，相遇的緣分已經夠珍貴了，又何必去強求一切？」白瑪的話語在風中飄散，卻如同一把把刀子插在路山的心上。

「不來了？」路山再次追問了一句。

「嗯，不來了。」白瑪的話語輕輕的。

「那陶柏我也見不到了？」路山的聲音開始顫抖，因為有些時候的相見，白瑪會帶著她的弟弟，雖然不如在陶柏嬰兒時期那麼頻繁，但總還是有的。她的弟弟沒有藏人的名字，卻是很奇怪的有個漢人名字，路山沒有追問過為什麼，只因為這些都是不重要的，重要的只是相處的時光，在五年的歲月中，陶柏已經是一個五歲半大的孩子了，他對路山最是親密，超過了對自己的姐姐，就像路山真正的弟弟。

是那個時候就有所感吧？路山將是他成長歲月中最大的依靠。

「我不來，自然更不能帶著小柏出來了。澤仁，記得我教給你的知識，那是一扇大門，推開了，就可以讓你去看看外面的世界，你的一生總不能只是在草原上放羊的，你很好……我希望你以後的生活也可以過得很好。」她說起這個的時候，笑容中有一種慈悲，就如初初相見時的那種慈悲。

她就是那麼善良，她曾經給路山說過那麼一句話，她希望她雙眼看見過的生靈，哪怕是一草一木，都是喜樂平安的。

這是如何的慈悲？而今放在了路山的身上，卻成為了最大的傷感。

一直以來，在白瑪的面前，路山都是那個靦腆、好學、溫和，默默贊同著白瑪所說的一切的少年，但是在這一次巨大傷感的衝擊下，路山再也忍不住了，第一次他暴躁了，衝著白瑪吼道：「我為什麼要到外面的世界去看看？去到外面就是幸福了嗎？不……我要守著這個草原，因為守著這個草原，才能看見妳，看見妳才是幸福！在遇見妳以前，我不知道什麼是幸福的。」

這是一個十六歲少年的吶喊……一般這個年紀的孩子都還在上學，對於幸福哪有那麼深刻的體會，可是路山特殊的人生讓他有了最大的體會。

「可是，我不會來了，你也不會再看見我了，所以你的幸福在別處，而你將要去尋找，而我將為你念誦經文，為你祝福。」白瑪在這一刻，彷彿身上又有了那種聖潔的光環，可是這樣的光環卻陡然拉開了她和路山的距離。

「妳不來了，我就去找妳……就像妳給我讀的詩那樣，上窮碧落下黃泉，我總是能找到妳的。」十六歲少年的倔強，是那麼的堅定，在那一刻，路山彷彿再一次選擇了生命的路。

「找我？你到哪裡找我？你知道我是誰嗎？」白瑪看著路山，忽然這樣的問道，再一次的歎息了一聲。

而路山是真的沒有放棄，在白瑪說要離開的時候，他的生命已經改寫，或者說，他的命運已經走入了一個既定。

第一百五十八章　拉崗寺的背後

面對白瑪的問題，路山沉默了，在這種時候，他才發現他和白瑪相處了五年，竟然真的不知道白瑪是誰，又是來自於哪兒？他從沒想過要問這些問題，他只是覺得能常常見面就好。

於是路山忍不住追問白瑪：「那妳到底是誰，在哪裡，可不可以告訴我？我說過上窮碧落下黃泉，我也一定要找到妳的。我只是希望，找到妳的時候，我們還能這樣見面，妳還記得澤仁這個朋友。」

「朋友？」聽到這裡，我不禁轉頭看了一眼路山，他對白瑪明明就……

「就是朋友，我從來都無法真正的靠近她，理解她的慈悲。愛情，根本就是奢望的事情。」路山看著天空悠悠地說道。

「那你？」我不知道那一次的追問路山是否得到了答案，其實在我內心看來，白瑪對路山也是有感情的，至少持續五年的相見，這樣的少男少女之間，能沒有一絲異樣的感情嗎？

「我問出來了……她來自拉崗寺！大草原也有自己的歷史，在過往的歷史中，拉崗寺曾經是我們那一帶的人心中最神聖的信仰，到了某種不可企及的高度。只是在後來，不知道為什麼?拉崗寺封寺了,你理解這種封寺嗎?就是說不再對紅塵的大眾開放,而是一眾僧人自我修行,他們可以到紅塵中偶爾行走,但已經不再是開放性的寺廟。」路山給我解釋了一遍。

「為什麼封寺?」我忍不住揚眉問道。

「呵呵……有的地方封山門或封寺是為了真正的避世修行。而有的……自然就是曾經光輝的傳承被淹沒了,然後私下變得齷齪而見不得人唄。」路山說得輕描淡寫,可是我感覺到了他壓抑的憤怒。

「那封寺了,你是如何找到白瑪的?」我對這個充滿了疑問。

「他們封寺,是寺廟不再向紅塵大眾開放。而事實上,他們也是需要生存的,也需要有弟子的。生存方面,從封寺那天起,就有勢力在背後支持著他們,而弟子方面,是不介意收天賦的弟子的。」路山簡短的回答了我一句。

我忽然想到了一個問題,忍不住問路山:「他們是什麼時候封寺的?」從路山的說法來看,拉崗寺在那個時候就有背後的勢力在支持了,可那個時候的楊晟說不定還沒有轉變。那麼這個源頭又是什麼?我忽然想起了在鬥小鬼的時候,江一給我說過的某個公司,難道這其中有連繫?

我的想法一向天馬行空,可是在強大的靈覺支持下,這些想法一般都會得以證實……這也就算是隨著靈覺強大,有了一點點預感的能力吧?

「那一年我十六歲,也就是一九八六年啊。」路山不明白我為什麼要問這個,望向我的眼光有些探詢。

「唔……」一九八六年，這個時間點一時間讓我想不起什麼，那個時候，我和楊晟還沒有在荒村相遇，我不知道楊晟是否在那個時候就已經……還是說這背後的一切都有那個所謂什麼公司的影子？楊晟也是得到了他們的支持，然後才得以那麼順利的收攏了四大勢力？

那個公司……我想起了那火燒的倉庫，涉及到幾方勢力的博奕，那些神祕的人物，就比如在飛機上能影響我夢境的人，這個公司連小鬼都敢煉製，敢明目張膽的……我忽然有一個感覺，楊晟是否只是被推到台前，被全力支持的一個人。

我和楊晟的大戰……是否只能讓那個所謂的公司傷筋動骨？而其實我這一生，任重而道遠？

我承認只是路山的一句話就讓我想多了，眼前這場大戰的事情都沒有處理，我如何去想這些？所以，我也沒有給路山多說什麼，只是說道：「我只是很好奇，什麼勢力會養著拉崗寺，然後順便問了問。」

「其實，以我在拉崗寺的這些年和這種地位，我都沒有搞清楚他們背後到底是誰。想想這個世界，我們以為已經探尋了很多……回頭才發現，其實我們能知道的太少。」路山這樣回答了我一句。

「那你是如何去到拉崗寺的？」這個此時是我最想知道的事情，是籠罩在路山身上的迷霧。

「其實這要說起來就是一個很長的故事了，總之簡單的說，就是我強硬的弄到了一點兒家當，變賣了之後，自己親自走到拉崗寺，這其中有多艱辛，不足以為外人道。而那一次，我在拉崗寺外守了三天，最終被一個大喇嘛看中天賦，然後收入了寺廟之中。」路山把自己的這段過程說得非常簡單，但我也知道這背後的艱辛，一路的跋涉，外加打聽，才走到了拉崗寺吧？

而路山則繼續講述著：「之所以折騰了三天，是因為我十六歲了，才開始修行，非常晚了。那一次收我進去的大喇嘛，你想都想不到是誰？是曼人巴！伺候他的小沙彌被他折磨死了，所以他急著收一個新的，萬一有天分，也是忠於他的，這就是他所有的想法。」

「拉崗寺很殘酷嗎？」我總是能感覺到路山的恨意，忍不住問了一句，這個寺廟的一切好像都非常神祕。

「一開始是察覺不到殘酷的，就和正常苦修的寺廟一樣，只不過要照顧自己的師傅，就和小僕一樣的伺候著。但這一切，誰會有怨言呢？尊師重道也不僅僅是道家的精神！拉崗寺背後的殘酷，要接觸到了核心才會揭開冰山一角……」路山說到這裡已經咬牙切齒。

「那……那他們做了什麼？」我忍不住問道。

「呵，那個就太多了，簡直是一言難盡。總之，欺壓普通人，玷汙女孩子，強搶的事情已經算是小兒科了，因為惡一旦滋長，欲望一旦被釋放，那是沒有止境的！而最殘酷的是各種關於人的法器，按照很多正常的做法，是高僧死後，或者要被做法器的人死以後，才會用來做成法器。可是，拉崗寺有其特殊的辦法，堅信活人的力量更為博大，他們做的是活器。」路山的聲音變得顫抖了。

「活器的意思就是指，人還活著的時候被製成法器？」我有些震驚了，那簡直是最殘酷的事情。

「是啊，有些從外面挾持來的喇嘛，被敲掉天靈骨的時候都還是活著的，要被封印了靈魂在其中，才能讓他死去，你說這有多殘酷？」路山喝了一大口酒，又顫抖著摸出了一枝菸來點上，深深吸了一口，手才停止了顫抖。

「那……你說白瑪和陶柏是拉崗寺的聖子和聖女，他們……他們知道這一切嗎？」我儘量不去想活器製作的殘忍，我只能問這個。

畢竟白瑪那麼聖潔，她做為拉崗寺的聖女，怎麼能夠容忍這一切？

「白瑪自然不知道，而陶柏還那麼小，一直跟在白瑪的身邊生活！白瑪不可能住在一群大和尚的寺廟中，她是被單獨的供起來，住在寺廟的背後，山峰的那一頭。每天都有老師去教導她。她行走在世間也是仁慈的代表，當地的很多居民，都是白瑪的受恩者！在白瑪的眼裡，拉崗寺神聖而偉大，怎麼可能是那麼齷齪的地方？」路山苦笑了一聲。

「至於我是如何知道這一切的，那得感謝我驚人的修行天賦，這不是指我修行道家傳承的天賦，而是我修行密宗佛法的天賦。拉崗寺的術法傳承說實話已經不是純粹的密宗了，而是他們自成的一套，只不過建立在那個基礎上而已。我天賦非常強大，很快就修出了法相，而且是不弱的法相。總之，因為這個，我走到了核心裡去。他們也曾經試圖同化我。」路山淡淡說道。

「你不會被同化的吧？」我開口篤定地說道，因為路山就在我眼前，他絕對是一個值得信賴，心地不壞的人。

「呵，其實那個時候，我也年輕……我不見得就能感覺到他們是在同化我，你知道洗腦的威力嗎？我那個時候其實已經慢慢的在往那方偏移了，只是還沒有去做過任何的惡事，只因為那麼小時遇見白瑪，她真的在我心裡深深留下了善和聖潔的光環，可是我也已經嚴重到理解那些無惡不作的和尚的一些行為了，即便那個時候他們還小心翼翼的對我沒有展露太多。」路山給我解釋了一句。

我自然是知道洗腦的威力，何況白瑪還是拉崗寺的聖女，因為這個，路山也不會背叛拉崗寺。

「那……為什麼會變成現在這個樣子？」這才是我最大的疑問，事情的轉機在什麼地方？

第一百五十九章　聖女與喇嘛

「為什麼？」面對我的問題，路山沉默了，好像非常不願意去回憶這一段，而臉上的神色也顯露出了痛苦。

而我沉默了，剝開傷口不是每個人都能直面的事情，我也決定了，如果路山不願意說這一段，我也就不聽。

可是路山在沉默著連續吸了兩枝菸以後，終於是開口了：「那一年，我二十歲，進入拉崗寺也已經三年多，接近四年了，在之前我說過我天賦很高，也許是遺傳自我那神祕失蹤的父母，但是在入寺的前兩年我從來沒有見過白瑪。」

「嗯？」之前路山在敘述他進入拉崗寺的事情時，並沒有提及白瑪，他如此說，我才想起了這一茬，所以也是充滿了疑問。

「是因為，我在那個時候雖然天賦出色，可是還不夠資格見到聖子和聖女，一直到入寺的第三年，拉崗寺準備了一個神祕的祭祀活動，我才見到了白瑪，同時也見到了陶柏。」路山舔了一下嘴唇，給我說起了這一段。

「什麼神祕的祭祀活動？」原本這一段話的關鍵絕對不是什麼祭祀活動，我卻不知道為什麼就直覺要抓住這一點。

「呵，這個我就有些說不清楚了，你知道每一個宗教都有自己的傳承和文化，像藏傳佛教的文化，同樣是信奉西方極樂的各種佛陀，道家則是有自己的各種仙神，而那個祭祀……」路山說到這裡，微微皺眉，然後才組織語言說道：「我感覺祭祀的不是佛家所信奉的，反倒是有些接近道家文化裡所提及的一些東西。那個祭祀說是祭祀一個神祕的地方走出來的某些仙神，總之是拉崗寺最大的祕密，我知道的不多。」

路山說到這裡搖搖頭，而我的心跳卻「咚咚咚」的跳得有些太過明顯，好像有一些零亂的線索在我腦中不停成型，忽然封寺的拉崗寺，原本是善良真誠的一個寺廟，走出過最偉大的喇嘛……轉變成如此邪惡的寺廟，在路山的敘述裡幾乎無惡不作一般，到這裡連信仰都有些改變？

可是，我一時半會兒也得不出什麼結論，倒是路山在一旁問了我一句：「怎麼了？」

「沒事兒，你繼續說。」在這個時候，我更加相信了命運的神奇，路山和陶柏看似和我們無關的一個人，貿然闖進了我們的生命，到現在來看，哪裡是這樣，命運安排出現在生命中的每一個人，哪一個不是有著因果的糾結，哪一個又不是有著其神祕的深意？

路山不知道我心中的感慨，而是繼續的說著：「那一次見面，是我終於有資格參見那個神祕的祭祀了，也是在那一次，我見到了盛裝的白瑪，還有站在她旁邊已經又長大了，快十歲的陶柏，也是一身盛裝，站在他們兩個周圍的全是拉崗寺最厲害的高層，而神態之間也是畢恭畢敬。」

「那你和白瑪相認了嗎？」我問了一句，那麼幾年苦苦的追尋，一朝得見，心情應該是如何的激動？如果換成是我，肯定也忍不住大呼出聲，然後衝上去相認，我很期盼這一幕，所以問了路山一句。

路山卻搖頭說道：「哪裡有相認？她盛裝的時候，那麼聖潔的站在高臺之中，就如同真正天上的神女下凡，而我只是拉崗寺一個普通修行的和尚，並且有著清規戒律在身上，就算拉崗寺的和尚私底下不是那麼遵守，可是她是聖女，我難道還敢有什麼褻瀆之念嗎？承一，我沒有你那種瀟灑，也許你在意的人，不管是乞丐還是皇帝，你可能都一如既往，在這一方面，你們老李一脈好像不為世俗人情所累，但我真的不行。」

「你是說，在你看見白瑪的那一刻，就如同你小時候第一次見到她的時候那般，又覺得自慚形穢了？」我忍不住揚眉問了一句，的確，在我心裡不能理解路山那種心理，路山總結我們老李一脈的特徵，是真的總結對了吧？這也是師傅從小的教育，教我對萬事萬物都抱著一顆敬畏的心，所以萬事萬物在我們眼中也是一樣的平等。

「是的，就是那種心理讓我一時間非常激動，卻不敢相認，在以前，我和白瑪拉近了距離相處，是用了很久的時間才消除了我的距離感，可是當她盛裝出現在我面前時，那種無形的距離又拉開了。所以，讓我在那麼激動的情況下，都不敢和白瑪相認。可是，那麼多年的思念和情誼又怎麼可能是假的？到最後，我還是鼓足了勇氣，準備喚一聲白瑪的名字……」路山說到這裡，頓住了，情緒也有些激動，彷彿又回到了當年，再次看見白瑪的那一幕。

「那麼，白瑪是什麼態度？」原來，最終還是相認了的，我很好奇看見真的追尋而來的路山，白瑪會是一個什麼樣的態度？

「呵，我們沒有相認。」路山卻在這個時候否定了我，不待我問，他就繼續說道：「其實白瑪在第一時間就發現了我，在我想要相認的時候，她看著我沒有說話，可是我卻能讀懂白瑪眼中那種告誡，讓我不要和她相認，甚至在所有人都沒有注意的情況下，她對我輕輕的搖了搖頭。」

「這樣啊，可是陶柏呢？這麼小的孩子他可能什麼都不知道，認出你不會激動嗎？」我這樣問了一句。

「陶柏是白瑪牽著他的……他自然也是認出了我，我看見他幾乎都要開口叫我了，但後來不知道為什麼，卻也沒有再言語了，在那一刻，我不知道白瑪做了什麼？」路山搖搖頭，說了那個時候的陶柏也沒有和他相認。

「難道白瑪已經察覺到了拉崗寺的不對勁兒？」我忍不住問了一句，否則這樣的舉動就太過怪異了。

「不，白瑪根本沒有察覺到拉崗寺的不對。如果，我年紀大一些，早一些進入拉崗寺，如果……」這一點，好像戳到了路山的痛處，他忽然變得十分痛苦，在如此的夜裡，我轉頭，都看見因為這種痛苦，他的整張臉都脹紅了，脖子上的青筋也鼓了出來。

「那到底？」我忍不住問了一句。

「是白瑪為了保護我。在她和我告別的那一年，她就正式成為了高高在上的聖女，而什麼是聖女，自然是神聖無瑕的存在。且不說拉崗寺明面上有著對我們這些修行喇嘛的戒律，就說她那個聖女的身份，又怎麼容許和我這種喇嘛有著情誼。儘管這種感情，我和白瑪從來沒有說穿過，只是好像友情相伴那樣的感情，但聖女高高在上，是不能走近任何人的。」路山給我解釋了一句。

「可是，之前你們有著五年的相處，難道拉崗寺不知道嗎？」我很奇怪，既然拉崗寺如此在意白瑪，怎麼可能有那樣的五年？

「呵，是知道的。但那五年是特意讓白瑪修行、走入塵世的五年，這個事情是不敢讓白瑪再大一些才進行的，怕白瑪真的沾染上了什麼世俗的感情，畢竟小時候就不會存在那麼多。而白瑪和她的弟弟是不能分離的。所以，白瑪那樣修行的五年，實際上是離開了拉崗寺，住在了草原上，有幾個大能陪同，可是並不監視，順其自然的五年，只有在白瑪危險的時候，通過特殊的方式通知他們，他們才會出現。」路山給我解釋了一番。

「這麼好？」我簡直無法想像拉崗寺有如此放任聖女的五年。

「好？什麼叫好，那是因為他們需要更純潔的靈魂，而不是愚昧的靈魂……你懂我的意思嗎？拉崗寺那邊的人信奉，只有走入了塵世，看到了世間疾苦的聖女，才能充分激發出慈悲和憐憫世人的心，這樣的靈魂才能更加的聖潔純潔，而天佑這種大慈大悲的人，她的靈魂力也才會更加強大。」路山給我說明了這麼一層，而說著這個的時候，他的拳頭已經握緊了。

「原來是這樣。」看見路山如此，我不敢再繼續追問下去，只能這樣淡淡說了一句，我覺得現在路山的痛苦和恨簡直就像炙熱的烈火，我坐在他的旁邊，都感覺到那種燒灼心靈的痛苦。

「總之，事情的背後就是這樣。而白瑪阻止我和她相認，其實當時在我的心靈上何嘗不是留下一道深深的傷口？我以為白瑪在那次和我告別，不僅是我和她的分別，她其實也是在告別我和她的情誼，從此兩不相認。可就算如此，我又怎麼能忘記她帶給我的溫暖、希望和最初的悸動，那是刻印在我靈魂深處的痕跡。所以我儘管痛苦，還是沒有離開拉崗寺的勇氣。我和白瑪在見了第一次以後，因為我的地位也可以常常見到了，但已經徹底的變成了相逢不相識，就是一個普通的修行喇嘛和一個高高在上的聖女的關係，這樣的痛苦持續了一年多，到了我二十歲，進入拉崗寺也已經四年了，一切發生了轉變。」路山的手開始顫抖。

「發生了什麼轉變？」我其實還在想像路山那個時候的痛苦，卻不想事情又發生了轉變。

「拉崗寺要進行一場最大的祭祀活動，也號稱是最神聖的活動，在那一場活動中，宣稱的口號是要讓聖女永恆，讓她的慈悲永遠的照耀在世間。」路山的臉扭曲了，說到這裡竟然大口大口的喘氣。

而我，忽然也有一種聽不下去的感覺，我已經預見這會是一場慘烈的悲劇。

第一百六十章　月下相約

我不想聽下去，路山也不想說下去了。

可是，今天既然決定談談，路山要面對自己內心的傷口，他終於在大喘息了好幾分鐘以後，又開口了：「承一，我真怕我哭出來。」

「如果想哭的話就哭吧，愛流淚的也未必不是真漢子。」我很淡然的說了一句，在這種時候，我覺得我的態度能給路山力量。

「不，不是怕哭出來不是真漢子……而是，在我們那裡有一個說法，不要為逝去的人掉太多的眼淚，會讓他心有牽掛，反而不能好好的走入輪迴。儘管白瑪不能輪迴……可是，我的心願總是這樣，希望她能夠輪迴，她那麼善良，一旦靈魂得到解脫，總是會有很好的未來在等著她。所以，我一再告誡自己，不能為白瑪掉太多的眼淚。」路山說話的時候又點上了一枝菸，現在他的情緒必須要靠這些東西，才能穩定。

我亦要過了一枝菸，因為我知道路山肯定會說，但也肯定是一個悲劇，我也需要一點兒力量來面對，哪怕是一枝香菸的力量。

「白瑪被做成了活器。你看見的那只鼓，鼓皮就是白瑪的皮，裡面封印著白瑪的靈魂力量，用祕法壓制了白瑪的靈魂意志。承一，你現在明白了嗎？」路山在一口吸掉了快一半的香菸以後，終於開口對我說出這個事實了。

儘管早有預料，手還是忍不住顫抖了幾下，夾著的香菸掉了下來，燙到了我的胸口，我趕緊撿了起來，長「嘶」了一聲，彷彿也只有這樣的疼痛才能壓抑內心的震驚和憤怒。

這麼美好的女孩子被做成了活器？而路山又要面對怎麼樣的折磨？把這只鼓天天的帶在身邊？我之前只是以為白瑪的靈魂被封印在了鼓裡面，畢竟我見過……今天通過路山的訴說，我才知道真相那麼殘忍，而儘管我已經做好了心理準備。

「其實白瑪是知道會被做成活器的，那個時候的我卻不知道那些拉崗寺的騙子，是怎麼給白瑪洗腦的。她那麼善良，覺得自己這樣犧牲奉獻自己，能讓一批人感受到天國的力量，就毅然的決定要去做這件事情了。只是……只是在那個祭祀的前一天她找到了我。」路山已經說過了最痛的地方，明顯感覺呼吸流暢了一些，但另外一種憤怒卻是壓抑不住。

「白瑪自願？」我怎麼也想像不到白瑪竟然會自願去承受這種事情，我不願意去想那個殘忍的名詞，但事實上那就是「活剮」，這簡直是常人不可想像的痛苦。

「是的，她是自願的……白瑪的善良和仁慈一般人不會理解的，後來我才知道拉崗寺的人騙她，如果以她的力量做成了活器，將為苦難的人們打開一條天國的路！她幾乎沒有考慮，就直接答應了，只是在活祭的前一天晚上她來找了我。」路山又吸了一口菸，聲音再次變得痛苦。

「她找你，你為什麼不帶著她逃跑？你能眼睜睜的看著這種事情發生？」我忍不住問了路山一句。

「我怎麼可能願意？而以我當時的地位，我根本不知道這場盛大的祭典……最關鍵的，也是最後的一個只有少數人參加的祕密祭祀，就是活祭了白瑪，把她做成活器。而白瑪來找我的那一天夜裡，她也沒有給我透露半個字。」路山的呼吸有一些急促了。

「那到底她來找你……是為了什麼？而她怎麼可以來找你的？」

「我們相處了五年，自然有彼此才懂的語言。那一次，她也不知道怎麼在我房間留了一行字，寫得很隱晦，但是我能知道她是約我在拉崗寺外見面。我當時的心情不知道有多激動，而好不容易等到了晚上，我就出了寺廟，在那時，出寺入寺這種事情我已經是自由的了。」路山低聲地說道。

那一夜……是一個美好的天氣，雖然不像今晚一樣，有著漫天的星辰，但是卻有一輪美好的圓月。

而高原上的月亮，若是晴好之日，總是那麼的大，彷彿只有這樣的大，才能照出人月兩團圓的意境。

路山和白瑪沉默的站在拉崗寺所在的山巔，月下的剪影，山風吹動的他們衣襟飄動，路山曾經以為這是夢，一個他一生所期盼的美夢而已，他不敢相信這是真的。

眼前的白瑪，不過三米不到的距離，穿著的不再是聖女那隆重的服飾，而是恢復了非常簡樸的裝扮，一如初見。眉眼間熟悉的笑意和眼中的仁慈也一如當年那樣，光芒耀眼……即便一切都一如當年，可是在那個時候路山的心裡，卻是隔著天塹一般的距離。

這種距離讓他無力的以為，這一切真的只是夢。

「當年，我最沒有想到的事情就是你真的找到了拉崗寺，找到了我。」白瑪輕輕地開口了，月光朦朧的照在她身上，在那一刻路山甚至恍惚的覺得，很快她就會離開山巔朝著月亮飄然遠去，多年下來，沒有近距離的接觸，她更加神聖了。

即便在那個時候路山已經是一個修者，見慣了各種神奇，也是花費了很大的心力，才平息下來自己內心這種不敢褻瀆的波動，開口說道：「可是，我找了又是如何？我們的距離並沒有因為見到了而拉近，反而隨著歲月越發遠了。」

「並沒有遠的……只是我是拉崗寺的聖女，你是拉崗寺的修者。你難道還不明白，和我走近會給你帶來災難？」白瑪輕聲說道。

路山愣了一下，他從來沒有想到過這一層面，有的只是不解，但他是個聰明人，隨著對拉崗寺的瞭解，心裡細細一想，可能真的會如此……原來白瑪是在關心自己？

有些誤會，並不是因為人聰明就一定能夠解決……沾染上了感情，什麼都是沒有道理的，再聰明的人也會當局者迷，除非他所深愛牽掛的那個人親自來說，否則內心的情緒總是酸澀的，而這種酸澀卻並不是恨。

「可是我不怕什麼災難，在天國一日，就比在地獄無數年幸福了。如果可以走近妳，災難又算得了什麼？」路山的心中有著莫大的安慰，在激動之下，也忍不住再一次表白了自己的感情。

「但我在乎，你明白嗎？」白瑪忽然轉頭，深深看著路山，說了這樣一句話。話很簡單，但背後的情誼已經呼之欲出，這是白瑪第一次對路山說這樣曖昧不清的話，在月光下的路山看著白瑪真誠的雙眼，忍不住呆了，就像美夢真的實現了，人的第一反應不是狂喜，而是根本就不敢相信。

可是白瑪卻衝著他笑了，這一笑並不是充滿了那種聖潔的光芒，而是像笑他是呆子一般。白瑪完美無瑕，但是這是路山第一次覺得她如此充滿了人的「趣味」，如此的接近自己。

路山忍不住上前了一步，而白瑪也朝著路山走了一步，在月光之下，是白瑪主動靠在了路山的懷裡：「年少初見，五年無猜。那個時候的心思純潔，卻也並非不懂情。你聰明、高大、俊朗、勇敢，最重要的是有一顆堅韌的心。當你再一次出現在我面前的時候，我就知道了我長久以來的掛念是為什麼？我也才明白，我雖為聖女，但並不是真正的神佛，心中也總是勘不破情之一字的，即便有著更想要的追求，卻也不想否認你走進了我的心裡。」

兩行熱淚從路山的眼中落下，這一輩子他就不曾想過白瑪會對他說這些話，她在他的懷中，他卻不敢用手去抱緊，怕一抱住，她就如夢一般消散，繼而不見……那他會從天堂跌落到地獄。

「人的一生不管怎麼樣，總有難兩全和遺憾的事情……但選擇的，還是要繼續。我欠你一段最美好的感情開始，在今夜就彌補。接著，你的生活還要繼續，聽人說了你是一個有前途的修者，我期望你有榮光的一天，那個時候就幫我照顧一下陶柏吧。」

白瑪並沒有離開路山的懷抱，而是靠著他幽幽說了這麼一句話，讓路山的心一下子收緊了。

第一百六十一章　最後的真相

路山聰明，且從小失去父母的經歷讓他有些敏感，白瑪如此的表現，路山怎麼可能不心生疑惑？

但是白瑪很平靜，彷彿猜透了路山的心思，只是說道：「我修行並不限於在拉崗寺，也許要去到很遠很遠的地方。你我相處了五年，在我的生命中覺得最能夠託付的人就是你。陶柏年幼，雖然在拉崗寺待著也會被照顧得很周全，也總還是希望你能看著一點兒的。其實，最大的問題是在於當他感情的寄託，因為在他的生命裡，除了我，也就是你對他來說最為親切了。」

「白瑪不會騙人，但不代表她不會輕描淡寫的訴說一切，她以為被做成活器，又是她的一場修行，而我在以為她不會騙人的情況下，竟然輕而易舉的相信了她，沒能阻止這一切。我在當時還只是感慨，到底不是一個世界的人，她又要遠行……而許我這一夜的相會，便已經是我生命裡最大的恩惠了，至少我知道了她對我有情誼，只要有這份情誼，哪怕天涯兩相思又有何不可？畢竟我們修者能看得透一些，也知道兩個人相愛相知，也不一定非要長相廝守。更何況，她讓我照顧陶柏。」路山這個時候的情緒也平靜了一些。

的確，站在路山的角度，如果白瑪有心要隱瞞，他怎麼可能知道這個殘酷的事實？

而在那一夜，他也終於擁抱了白瑪，甚至在白瑪的要求下輕輕吻了她，這就是他們生命裡的愛情唯一綻放的時刻，如煙花消散雖快，但那一刻的絢爛卻是永留心間。

也是在這一個夜裡，白瑪告訴了路山她的身世，其實她和陶柏並不是純粹的藏人子女，他們的父親是漢人，而且是一個不是一般人的漢人。

「對於父親我瞭解得不多，媽媽告訴我和弟弟，其實我和弟弟都是一般的，特別是弟弟，身上更有著驚人的祕密，但是爸爸一心想我和弟弟過普通的生活，所以毅然選擇離開了這裡，回到了他工作的部門，到現在也沒有消息。」白瑪如是對路山說道。

「那妳媽媽呢？」路山忍不住問了一句，其實他雖然是孤兒，到底還有親人，可他從來沒有見過白瑪和陶柏的任何親人。

「媽媽在我很小的時候就過世了，很離奇的過世，也是說要去尋找一個神奇的所在。她把我們交付給一個可親的鄰居奶奶帶著，卻沒有遠走多久，又回來了。回來的時候，她的情況已經很不好了，連話都說不出來，感覺好像是全憑一股意志支撐到了我們姐弟面前，那個時候，弟弟才兩個月，她好像想對我們說什麼，也無力說出，就這樣過世了。」白瑪帶著傷感的回憶這樣對路山說道。

「那……後來呢？」

「後來，在媽媽去世的第二天，拉崗寺的僧人就出現了，接走了我和弟弟。畢竟，這是一個神聖的寺廟，雖然封寺已久，但是它慈悲的光芒還留在人們的心中，看管我和弟弟的老奶奶也就放心的讓我們去了。在這裡的僧人認為我和弟弟是出類拔萃有著出色天賦的修者，所以我成了聖女，弟弟成為了聖子……再後來，也就遇見了你。」白瑪靠在了路山的肩頭。

「原來我和白瑪都是一樣的苦命人，而且我的父母和她的母親好像有著驚人的相似，都是去尋找什麼神祕的存在。不同的是，她的母親回來了，而我的父母再也回不來。曾經我在想，是不是因為這個原因，上天才讓我們這苦命的孩子相遇在一起，相互溫暖。而我還知道了，陶柏之所以不用藏人的名字，是因為他們父母的約定，一個跟隨著母親用藏名，一個跟隨著父親用漢人的名字。」路山對我說道。

總之……在那一夜，是他們最親密的一夜，幾乎是無話不談，直到月亮漸漸落下，東方泛白了，白瑪才戀戀不捨的離去，在離去之前依舊給了路山一個擁抱，沒有任何離別的語言。只是在下山的時候，白瑪好像心有所感一般，忽然回頭看了路山一眼，含著淚光朝著路山笑了一下，然後才真的離去了。

而那一眼，就是白瑪和路山最後的相望。

「在之後又發生了什麼？你怎麼成為了部門的路山，還帶著陶柏？」我忍不住開始追問了。

「那是一段我不願意回想的回憶……承一，我是七天以後知道真相的，那個時候聖器已成，被拿出來要全部的人集中力量加持開光，而我做為寺裡重要的弟子，曼人巴無意中給我透露了這個祕密。他見我好奇忽然出現的聖器，忍不住得意的告訴我，那是通往上天的鑰匙，在徹底被激發之前，有著無上的法力。而在徹底被煉化激發以後，結合某種東西就能真正的打開天國。我那個時候覺得很奇怪，這麼厲害的聖器是怎麼突然出現的，曼人巴卻毫不在意的告訴我，那不是突然出現的，而是寺廟培養了很多年才煉化而成的聖器。」路山說到這裡，情緒再次的激動起來，手又開始顫抖。

「別說了，我猜得到答案……」其實之後的對話不用細說，我大概也能猜到，這種傷口真的不用撕開它，因為太過殘忍了。

「嗯……我只是想告訴你，承一，我當時藏在袖子裡的雙手全都是鮮血，因為太過沉痛，拳頭捏得太緊，幾乎用盡了全身的氣力，劃破了我的手掌。你知道那種痛苦嗎？幾乎讓人瞬間就崩潰了，就是這樣的克制，才讓我沒有當場的發作。在那個時候，我其實已經隱約知道拉崗寺的僧人行為不端，不像其他寺廟藏傳佛教的高僧那樣神聖而充滿慈悲。甚至他們的修行都不完全是藏傳佛教的範疇了，有一種隱隱的邪氣。只不過我被洗腦得厲害，也因為白瑪那麼完美的神女在這個寺廟為聖女，我不願意去相信什麼，或者我覺得我太過於注重形式，到那個時候，我只是覺得白瑪被騙了，因為曼人巴的語氣那麼輕鬆，白瑪這個傻姑娘被騙了。」說到這裡，路山的聲音顫抖得厲害，連喉結都在不斷抖動。

他說過不要為白瑪掉眼淚，在這個時候，絕對是在非常痛苦的強忍，換成是再堅強的男人，心愛的女人這樣殘酷的被殺死，做成活器，還是被騙的，內心的憤怒之火都可以燃燒到上天，路山能克制到這個地步已經不錯了。

我趕緊從他身上摸出了那壺酒，遞給了路山，勸慰道：「先別說，來，喝幾口。」

其實，我的內心也非常沉痛，在遞給路山之前，也狠狠的喝了幾口。而路山接過酒壺，幾乎是一口喝乾了裡面所有的酒，一種異樣的潮紅出現在他的臉上，而幾乎就要奪眶而出的淚水被他強忍了回去。

「承一，在那個時候我就做出了決定，我要查出事實的真相，我要帶著白瑪和陶柏走。你不知道，在那一刻我是以怎麼樣的勇氣去面對那件聖器，又是以怎麼樣的勇氣讓自己不崩潰的。承一，可是我每一天都像活在煉獄……知道嗎？為了這些目的，我開始越發努力的修行，越發的展現自己的天賦。然後，在你面前的我，路山，為了這個目的，也故意的和那些僧人同流合污。我只能保證我身上沒有一個無辜者的性命，雙手還沒有染上他們的鮮血。可是視而不見的事情發生了太多，甚至要理解或者鼓掌叫好，見死不救……這些我不能和你一一的說了，我只希望你理解我隱忍到了什麼程度。其實，我是一個罪人，叫澤仁。我改了名字叫路山，也洗刷不清我身上的罪孽。那些被做成活器的人們，那些以修行和各種名義被玷汙，甚至失去生命的姑娘，好多好多……」酒意上湧，路山的情緒開始有些崩潰。

而我的內心也沉痛無比，同樣是男人，如果我是路山，我又要怎麼做？在那種時候除了隱忍我又能做什麼？其實是沒得選擇的。

但我還是強行的扶起了路山，看著他的眼睛，認真的對他說道：「不，路山，我不否認你有過罪孽，就是那些強行要視而不見的罪孽。可是，我不承認你是一個罪人，因為世間的事情皆是因果迴圈，種下了惡因，也可以種下善因，來了惡報，也有善報。在因果迴圈中，它們是可以相互抵消的，只不過要以一顆純善的心去做！而不是為了逃避惡果去做……天道設下因果，錘煉的只是人心，重要的是，你有一顆什麼樣的人心！你們佛家不也曾說過，放下屠刀立地成佛嗎？這是一顆心的力量，你的生命還有那麼多，不管是為了什麼，你都可以用生命的時間去行善，去洗清罪孽的，這樣的人不是罪人，知錯能改善莫大焉，這句話就是這個意思，因為最難以挽回的，從古至今都不過是一顆人心罷了。」

「承一，好兄弟！」路山重重的把手拍在了我的肩膀上，然後望著天空說道：「我以為你會看不起我的，可是你都比我懂……總之，沒有那些年的隱忍，我怎麼可能帶著陶柏和聖器逃出拉崗寺？那是一個長長的故事，精心的佈局，最後鋌而走險的成功。可是逃出去之後，卻發現天下之大，無處可去！拉崗寺的人自然是要追殺我的，你問我為什麼成了部門的人，那就是我帶著陶柏找他的父親去了，也是希望得到部門的庇護，你聽明白了嗎？」

「原來，是這樣？」在此刻，所有的線索終於被串聯起來了。

第一百六十二章　相遇

到現在為止，路山已經給我吐露了他所有的祕密，而一壺酒下去，加上之前的醉意，他已經有些昏昏沉沉，可是他的手卻抓著我說道：「承一，不要帶我回去，就讓我在這裡躺著。總覺得白瑪根本就不是一個普通的人，倒像是天地間的精靈，我只有躺在這天地間才能更加接近白瑪。」

路山已經在說胡話了，其實白瑪是被封印在那面鼓中的，怎麼可能來自天地，那麼多年以來，路山把那面鼓帶在身邊，都沒有辦法徹底解放白瑪的靈魂，這其中應該是有祕密，但是路山現在這個狀態我已經不能問他什麼了。

望向星空，總覺得每個人的人生或許都是一個故事，身在其中的人可能覺得平淡，畢竟日子的大多數都是柴米油鹽和衣食住行這種瑣事，可是要回顧一生的各種階段時，每個人都會發現其實充滿了各種戲劇和故事性。

我只是在想，人人都可以喜樂平安到底要怎麼才能做到？是要物質上的豐盈，還是心靈上的滿足？如果都經歷了像我們這群人這樣的曲折，人們回過頭來看，又會有什麼樣的想法？

我在理順所有的線索，如今看來，路山所說的陶柏的父親，應該就是江一部門裡的人，而且應該是和我師傅同行去尋找了昆侖的人，只因為曾經在地下洞穴裡，我找到過一枝鋼筆，那個時候和路山不熟，他用一個祕密給我交換了這枝鋼筆。

而那時，江一給我所有的資料時，其中有一些我不能理解的零亂日記，如今看來，會不會有可能就是白瑪和陶柏的父親留下來的？

他說要去讓白瑪和陶柏過上普通人的生活，回到了部門，為什麼又毅然加入了我師傅那一次的行動，這其中有著什麼祕密嗎？我想這一點不僅是我在探尋，路山也是在探尋的吧。

一切的謎題就要迎刃而解了，剩下的如果我和師傅把彼此這些年的經歷都交換，可能整件事情就終於可以讓我清清楚楚的知道。

在這中間，唯一剩下的一些小謎題，就是路山的父母，還有白瑪的母親都去尋找過所謂的神奇存在，我也很想知道那到底是什麼？可是，當事人不是失蹤就是去世了，這個謎題我可能已經無法觸及了。但人生就是這樣，不可能事事明白，那也就只好難得糊塗了。

我還記得我和路山的三年之約，可是我憑著自己的感覺，覺得這個約定可能要不了三年，就會實現。我只是篤定師傅所說的一切關鍵就在拉崗寺，這是命運神奇又巧合的讓它把我和路山的約定重合了。

路山一直在嘟嘟囔囔的不知道在說些什麼，第一次如此完整的撕開傷口，能夠喝醉已經是一種幸福……在這種時候，我能給的安慰就是陪伴，卻不想路山忽然跌跌撞撞的站了起來。

我很奇怪的看著他，他卻回頭看著我，忽然對我說道：「承一，你有聽過一首歌嗎？不是很老的歌，有一次在我們逃亡的路上，還是車上的電臺無意中播放的，我一聽就想起了白瑪，在很多個難熬的夜裡，我反覆的聽，你看看唱的是不是我和白瑪？」

「什麼？」我不知道路山為什麼忽然而然的給我說起了唱歌這件事情。

他卻又一屁股坐在了我的身邊，然後在我耳邊低低的哼起了一首歌。

你，從天而降的你
落在我的馬背上
如玉的模樣
清水般的目光
一絲淺笑讓我心發燙
你，頭也不回的你
展開你一雙翅膀
尋覓著方向，方向在前方
一聲歎息將我一生變涼
你在那萬人中央
感受那萬丈榮光

看不見你的眼睛，是否會藏著淚光
我沒有那種力量
想忘也終不能忘
只等到那漆黑夜晚
夢一回那曾經心愛的姑娘

唱著唱著……路山反覆的唱著，聲音漸漸就變得愈發小了，他說過，不要為白瑪流一滴眼淚，在這個時候終於不能控制的漸漸淚流滿面，最後竟然一頭仰面倒在了這塊大石上，臉上全是淚水的睡去。

忍著這個傷痛已經是太久，想必他也已經很疲憊了吧，這一刻的釋放，終於讓他這樣完全放鬆的睡去，也算是一種解脫。

只是莫名的我也被路山唱紅了眼眶，他和白瑪的故事可以說早就結束了，也可以說仍然在延續，但結果真的只能是那一句歌詞，等到那漆黑的夜晚，夢一回曾經心愛的姑娘。

夜露漸漸深重，而在這高原上的夜晚，隨著夜深，寒冷不可想像，我也不能真的讓路山睡在這裡，只能跳下岩石費了一番力氣把路山弄下來，背在背上朝著雪山一脈的山門走去。

草地依舊在腳下沙沙作響，夜行的動物還是不怕人的從身邊經過，很美的天空，一切都是如此的平和而美好，只是這一切能不能安撫心中的傷痛？

「臭小子，做了雪山一脈的掌門，還得親自背著朋友啊？吩咐一個門下弟子幫你背著啊？」一個略微帶著調侃的聲音，從遠處傳來。

我沒有抬頭，但是嘴角自然的就帶著了一番笑意，這個聲音是刻進我靈魂的聲音，相伴了我流逝的歲月，怎麼可能聽不出來？

「師傅……」我叫了一聲，剛才壓抑的心情，忽然就變得平和起來。

其實這三天我誰都敢見，卻獨獨不敢見我師傅，也不知道是為什麼？可能在他面前，我才是真正完全的脆弱，我怕一直藏著掖著的祕密，在他的面前，會真的全部暴露無遺。

可是，一旦這樣莫名的相遇，我又會忍不住的開心、高興，甚至分外的安心。

「愣著幹什麼？快點背著你背上的那個路山過來吧，像什麼樣子，一群小傢伙喝成這個樣子。」師傅的聲音帶著責怪。

我卻哪裡敢怠慢，背著路山朝著師傅的方向快步走去，很快就走到了師傅的旁邊。夜色因為漫天的星光而清亮，在星光之下，師傅的臉上又哪有半分責怪，望向我的全是一種說不出的慈愛。

我沒有說話，只是背著路山和師傅默默的並肩而行，師傅習慣性的拿著他的旱菸杆咬在嘴裡，時不時的就會有一股輕煙冒出，帶著我熟悉的那股菸香，卻又要更香一些。

「是不是聞出來了？這雪山一脈可有好東西，加了一點兒在我這菸葉子裡，這香味，嘖嘖……」師傅沒有問我為什麼和路山單獨跑了出來，倒是和我說起了很平常的話，就像是在和我拉著家常。

「我還是喜歡原來那個味兒，反正我也不懂旱菸。」我嘟囔著回答了師傅一句，其實有些味道不見得是真的是好聞或天下第一，之所以那麼依戀和眷念，無非就是在那個味道之上，承載了自己的情節。

就好比，媽媽做飯時的香味……是多少漂泊的人，夢中想念的一分安穩和溫暖？

「念舊的小子。」師傅也沒有過多的評論，咬著旱菸杆子，背著雙手只是走在我的前面。

「師傅，你怎麼會來這裡的？」我沒有想到在背路山回去的路上，能遇見師傅。

「一群老傢伙不見了徒弟自然會找找，修行還是講究師徒，但你這個亂七八糟的情況，早就不是我這個師傅能掌控的了。只不過，他們找徒弟我也來找找吧。結果發現一屋子的醉鬼。然後，你小子還麻煩一點兒，不好好在家裡醉著，竟然和路山這小子大半夜跑草地上來看星星了。」師傅的話說得很隨意，非常輕描淡寫。

我一頭冷汗地說道：「師傅，你說話能正常點兒嗎？我和路山不適合一起看星星這個形容。」

師傅嘿嘿一笑，也不答話，但是我也跟著笑了，說道：「你跟著別人來找徒弟，你是不是想我了？」

師傅一下子停住了腳步，似笑非笑的看著我，我心裡有不好的預感，但是根本就避不開的，師傅已經一腳踢在了我的屁股上，並且罵道：「別的本事沒見長，肉麻的功夫倒是越來越厲害了！」

踢完以後，他還神叨叨對著我恭敬地說道：「師傅，我踢你徒孫呢，我不是在踢你。」

顯然，師祖的意志沒有任何回應，估計師傅這不著調的樣子，他也想不出要怎麼回應。

我的屁股很痛，心中只是不解，都那麼多年了，我的身手不錯，靈覺也強大，我怎麼就躲不開師傅的腳呢，還是我根本就不願意躲？

第一百六十三章　師傅的背影

我以為我的屋子會很熱鬧，背著路山和師傅一路回來，才發現又變得很安靜，那些醉得不省人事，在我的院子裡睡得亂七八糟的傢伙已經不見了。

在這個時候，秋長老走了過來，對著我說道：「掌門，他們已經被自己的師傅帶回去了。」

我點了點頭，把路山放到了院子裡的椅子上，這才發現陶柏還沒有被帶走，整個人很沒安全感的樣子，蜷縮在一個角落睡著，估計是路山不在身邊他無法安心吧。

想起了他的經歷，覺得這個孩子也真的很可憐，這麼多年以來，唯一的依靠也只是路山。

「找人把他們也送回去吧。」師傅微微皺了皺眉，然後對秋長老輕聲的說了一句，秋長老也不多問，點點頭然後就下去安排了。

我和師傅回到了房間，我身上還有酒意，在這個時候疲勞也湧了出來，整個人趴在桌子上，一時間也不知道該說什麼。

「還是像個小孩子。」師傅看了我一眼，咬著旱菸杆子，眼中很平靜，神情卻是很慈愛的樣子。

我很享受這種感覺，只是對師傅笑笑。

「去睡吧，今夜我也住你這裡。」師傅淡淡說道。

「那天亮回去嗎？」我問了一句。

「不回去，陪著你。」師傅這句話說得很莫名。

「為什麼忽然想著要陪我？」難道師傅是不放心那一場大戰？

「承一，你瞞天瞞地，你也瞞不過我。是你身上道童子的意志出事了吧？」說完這句話，師傅從嘴上拿下了旱菸杆子，忽然就這麼看著我，眼神越加平靜，就像我們經歷的長長歲月，很多個日出日落……我在吃飯，我在晨練，我在……他看向我的眼神一般。

而我卻一下子坐直了身體，口中呢喃著說道：「師傅，你……」而說話間，這幾天一直壓抑的情緒終於是再也忍耐不住，眼眶一下子就紅了。

好比委屈的孩子終於被自己的長輩發現了自己的委屈，哪裡還能淡定？

師傅卻是什麼也沒有說，只是站起來伸手摸了摸我的頭髮，還是那麼平靜，就如同在我還青澀的歲月，需要他庇護時的平靜，讓我安心，讓覺得只要有他在，一切都不是問題。

「先睡覺，什麼都不要想。我在的，只要我還在，我徒兒就一定誰也搶不走。」師傅這話說得很輕，但卻異常的堅定，我忽然莫名安心，望著師傅就重重點了點頭。

然後我什麼話也沒有說，甚至連衣服都來不及脫，就一下子躺在了床上，接著一股濃濃的困意就將我包圍，這種困意我覺得是很久沒有體驗過的了，就是那種平常日子很安心想睡覺的心情，而不是滿腹心事，疲憊到了極限不得不睡的心情。

我很快意識就迷糊了，卻感覺師傅坐到了我的床邊，又把手放在了我的頭上，摸了幾下……接著就悄無聲息了。

這一覺我並沒有睡多久，在早上就被師傅叫醒了，但是在這種深度睡眠之後，我的精神卻很飽滿，原本修者就比平常人睡得少，所以也沒有多大的影響。

看我起來了以後，師傅快步走到了門邊，依舊是頭髮鬍子都亂糟糟的樣子，轉頭對我喊道：「還不快點兒？起來晨練！」

晨練？這對於過著漂泊日子的我來說，這個詞幾乎已經很陌生了，可是師傅卻望著我笑了，我原本還有些迷糊，但也莫名衝著師傅一笑，然後從床上一躍而起，然後說道：「好，晨練！」

清晨的雪山一脈，和它的夜晚一般，同樣是充滿了一種壯觀的美麗。清晨的淡淡陽光、寬闊草原、周圍潔白的雪山、明淨澄清的湖泊、奔騰的馬群……構成了一幅充滿著希望的畫卷。

幾套拳法打下來，我的身上已經是熱氣騰騰，礙事的長袍早已經被我脫下，只穿著一條白色的褲子……但依舊還是不能散發掉這身上滾滾的熱氣。

太久沒有晨練了，身體上感覺到了一些疲憊，但是精神上卻充滿了一種異樣的充實，這讓我感覺很好，而師傅坐在旁邊的草坪上，看向我的目光就像小時候一樣，偶爾我的動作不標準時，他一樣會走過來，不是一巴掌就是一腳。

有些冰涼的湖水澆在臉上，我才稍微感覺到了一些冰涼的舒爽，大喊了一聲：「痛快！」而師傅則是提著我的長袍過來，對我說道：「瘋夠了就趕緊穿上，免得感冒了。」

我披上了長袍，衝著師傅笑道：「你覺得我還會感冒啊？」

「修者也是人，怎麼就不會感冒了？不要和我廢話！」說話的時候，師傅衝著遠處打了一聲呼哨，在那邊有雪山一脈負責這些草原上動物的弟子，就騎著馬飛奔了過來，同時還帶著兩匹駿馬。

我也不知道師傅是要幹嘛，他卻望著遠處說道：「承一，同樣是晨練，你覺得在這裡和在竹林小築有什麼不同？」

「沒有什麼不同。」我幾乎沒有考慮就說出來了，原本也就沒什麼不同，在哪裡晨練的效果都是一樣的。

「那就對了，人生也是一樣，不管在順境或逆境中，你都還是你，不會因為任何的環境改變自己，也不因為任何的困難放棄自己，也就是保持一顆本心的基礎。懂嗎？只要你還在，就不是任何環境能夠改變的，也不是任何事情能夠淹沒的，莫忘初心，錘煉本心。」在這個時候，那個帶著駿馬的雪山一脈弟子已經到了我和師傅面前。

他下馬，把那兩匹已經安上馬具的駿馬交給了師傅。

我站在原地沒動，卻是在思考著師傅對我說的話，本心這一詞，師傅已經很多年沒有對我提起過了，在曾經我一直以為，他認為我長大了，已經不需要刻意的給我提起本心二字了，我也以為我保持得很好。

但師傅卻沒有讓我過多的思考，而是牽著兩匹馬走到了我的身旁，他自己上了一匹馬，身手矯健，頗有一股瀟灑的意味，根本就不像一個快百歲高齡的老人，然後對我說道：「上馬！」

「去哪兒？」我下意識的就牽住了馬的韁繩，然後一翻身騎了上去。

師傅望著遠方「嘿嘿」一笑，遙指著遠處的一座雪山對我說道：「就去那邊那座雪山的腳下。承一，你我皆為修者，今天咱們就去挑戰那座雪山。」

說話間，師傅也不給我回應的機會，「駕」了一聲，就率先開始策馬奔騰，而在風中傳來他零零碎碎的聲音，「你小子要是比我晚到，一分鐘·腳……」

我相信師傅真的做出來，哪兒敢怠慢？當下雙腿一夾馬腹，開始追趕起師傅來。

這裡的草原不若外面那蒼茫的無人區草原那麼寬廣，但是策馬奔騰起來，也才發現眼中所看見的，和實際上的距離並不能完全的連繫起來，畢竟天地之大，而人那麼渺小，很多東西只能放在眼裡，而不是真正的能用身體去「丈量」。

駿馬在奔馳，呼呼的風聲從我的耳邊刮過，壯闊的草原給人一種心無限大的感覺，就像歲月中很多的場景一樣，我看見的依然是師傅那讓人安心的背影，只是我身下的這匹馬好像速度要快些，這個背影已經離我越來越近，很快我就與師傅並肩而行了。

「承一啊，你覺得這天地大嗎？」師傅並沒有放慢速度，而是在這呼嘯的風中，衝著我嘶喊道。

「大！」我也扯著嗓子大喊道。

「承一啊，那你會不會覺得自己很渺小？」師傅又問了我一句。

「是，在這草原上，我覺得自己就像一個小黑點兒。」我笑著大聲說了一句。

「可是天地如此之大，一個小黑點兒如此渺小，可難道就因為天地的大，你的小，你就真的會不存在嗎？你不僅存在，還留下了自己一路走來長長的痕跡，那是你……也是你存在過的，天地都不能抹煞的！所以，在任何時候，你都不能放棄自己，因為天地都不能拒絕你的存在，你的意志又怎麼能因為前世意志的存在而消散？那能夠和天地比嗎？」師傅忽然轉頭，衝著我大聲的喊道。

而這一次，我沒有嘶喊，而是低聲喊了一句：「師傅……」

「我的徒弟，不會消失的！不會……」師傅衝著老天忽然喊了一句，然後再一次的加快了速度……抬頭，我看見的依舊是他那讓人安心無比的背影。

第一百六十四章　山巔之上

茫茫的雪山如果遠觀，很美……你也不會覺得它的高大是一件多麼讓人生畏的事情。

可是當身處其中，嶙峋的亂石硌著腳底，瘋狂的大風在耳邊呼嘯的時候，你才會發現抬頭望著山頂，是一件多麼有壓力，甚至會讓心底恐懼的事情。

我和師傅並非什麼專業的登山人員，也沒有任何的登山設備，唯一的倚仗也不過是修者的身體比普通人來得強健，有獨門的呼吸方式，除此之外，也沒有什麼多餘的優勢。

在天地和自然面前，你能更多的體會到一種平等，眾生的平等，因為誰都有生的權力，誰也會走向死亡，天地自然不會因為你身份高貴，能力出眾，就變幻任何的一絲美景來討好你，更不會因為你身份低微而能力普通，就不讓你欣賞它的壯美。

也就如登山，若是要一步一步老老實實的攀登上去，修者也不見得就是有多大優勢的。

山風呼嘯，伴隨著越往上越稀薄的空氣，讓人不自覺的想節省每一分力量，我很慶幸，師傅不是要讓我征服珠穆第一高峰……否則，我生命中的最後一天，恐怕就是要無聲的消散在這群山之間了。

早早的出發，到了中午時分，我和師傅已經攀登上了山腰，讓我驚奇的是，師傅彷彿很有這方面的經驗，一路上都在指引著我，就如同小時候的每一天，他無時無刻不在教導著我。

但師傅畢竟老了，在前三分之一的路程中，一直是我望著他的背影前行，到了後面的路程，基本上是我在前方，他指引著我，而偶爾我需要拉他一把。

我不明白師傅讓我登山是個什麼意思，但在這中午休息的時候，他竟然從身上拿出了乾糧，我就知道，他這是一早就計畫好的。

登山需要大量的體力來支撐，在休息的時候，我原本以為師傅會和我說些什麼，但是在這凜冽的山風中，他只是告訴我不要說話，節省每一分體力，然後和我一起沉默的吃完乾糧。

我幾乎有想退縮的念頭，因為怕我的時間不夠，不知道什麼時候我會消失？也許就是今天的深夜，也許會是明早第一縷晨曦升起的時候？我想留下一些時間，我有很多話要對師傅說，抬頭望著山頂，似乎遙遙無期，但師傅卻不給我任何停留的機會，只是讓我一路向上攀爬。

結果，在下午的六點多一些，我終於來到了山頂，而我向師傅伸出了手，他抓住我的手，也一起來到了山頂。

此時還殘留著一些夕陽的餘暉，用一種豔麗的紅灑落在潔白的雪山之巔，眼下，是整個雪山一脈的所在，更遠是綿綿的群山包圍了雪山一脈，每一座山頭都染上了這層豔紅。

美，是很美，讓人窒息一般的風景，我恨不得能永遠的保留，這也就是人類發明了相機最大的意義所在，可是相機雖好，怎麼能比得上一雙眼的記錄，一樣的風景，不同人的眼中有不一樣的體會。

所以很多的地方，還是要親自去走一走，才能說自己看過，就像很多的事情，非得自己經歷，才能錘煉一顆紅塵心。

「是不是看到了這番景象，覺得沿路上來的辛苦都值得了。」師傅站在我的身邊，任由山風將他原本凌亂的頭髮吹得更加凌亂。

「嗯。」每一次在自然面前，都有不同的體會，貪婪的看著這番美景，我覺得連說話都是多餘。

師傅笑笑，坐下拍了拍身邊的石頭，也示意我一起坐下。

「在我小的時候，跟隨著你祖師爺，他就喜歡帶著我們弟子幾個攀爬高峰，他說不是為了讓你們站得高，看得遠，也不是讓你們去體會俯瞰眾生，人上人的感覺，我只是想讓你們體會一種征服。」在半山腰上山風很大，到了山頂這山風反而小了，只是還是把師傅的聲音傳出了很遠很遠。

「一種征服？是征服山峰嗎？」我坐在了師傅的旁邊，這裡的空氣已經算得上有些稀薄了，但是對於我和師傅來說，影響卻是不大。

「不，是提前體驗對人生的一種征服，平順的日子就是平地，有著困難的日子，就像平地中忽然拔起了一座高峰，沒有路……所以，你只有去攀爬它！或者，就躲在困難下面，永遠的停留，不要過去。」師傅說話的時候望著遠方，瞇著雙眼又叼起了他的旱菸杆子。

而我卻體會到了話中的意思，攀登的滋味，沒有真正體驗過的人是永遠不會明白的。這其中心理上的壓力，一次次想放棄的懶惰，無一不是真實的情緒。想想，這和人生中遭遇困難並沒有什麼不同。

我輕輕點頭，師傅嘴角流露出一絲微笑，他沒有看我，而是對我說道：「這山不算高，但也足以讓你體驗其中的滋味。道童子的意志是你人生中的一座山峰，但你是我的弟子，我絕對不允許你在山腳下就這樣放棄了。」

「師傅，什麼意思？」我不由得問道，其實我是真的準備要放棄了，我知道，比起意志我不如道童子，我總是因為各種的原因「軟弱」，而道童子一心向道之心卻顯得那麼強悍。

他是一個意志幾乎不可撼動之人，所以才會有了魏朝雨的悲劇吧！

「什麼意思？你心裡懂的，消失的只會是被壓制的，這是你陳承一的人生，是你的身體、你的靈魂……即便是道童子的後世，但這一切都是你的，告訴我為什麼你的意志會失敗？」師傅轉頭看著我，眼中是一種篤定的光芒。

「可是我……」道童子的出現不算早，但是不管怎麼不同，意志剝離開來看本源，其實我們是相同的，即便我現在還不知道這份相同究竟在哪兒，但是我就是感覺我瞭解道童子，原因就是因為這份相同。

就如師傅所說，他的意志真的如同一座大山一般橫亙在我的面前，我覺得自己沒有辦法去翻越，因為瞭解，才越加覺得沒有辦法。

「承一，總有一天你會明白，你自以為的軟弱會是你的強大。師傅這一生有兩個願望，第一，是找到你的師祖。第二，是見證你的成長。但在之前的歲月裡，這個願望顯得是那麼的矛盾，我要找到你的師祖，就要放棄陪伴在你的身旁的歲月。而如今，我知道了一些答案，卻也不見得還能夠見證你的成長。」師傅再一次看著遠方，語氣有些低沉的對我說道。

「師傅，你是在擔心那一場大戰嗎？我覺得不必，如果那是我們老李一脈的命運，那就迎接吧……」我站起來，看著山下的風景，也不知道是不是因為人在高峰之上，說話也顯得豪氣干雲了一些。

師傅放聲大笑，然後說道：「承一，你的話讓我欣慰，但我姜立淳從來就不是擔心什麼大戰的人。其實，我是多想在你身邊多守護一些歲月啊，看著你一步一步往前，就像我的生命在一步一步的往前。你是我的傳承，傳承的不只是道術，不只是理論，更加傳承的是一種精神……這是比血脈更加相連的一種關係！承一，所以，你一定要越過眼前的這座高峰，而師傅就算離去，也不會再有任何的遺憾，因為到了那個時候，我知道，再也不會有任何的事情能阻擋你的腳步，即便真的是你翻越不了的困難，但你也會在路上了。」

「師傅……」我一下子回頭，看著風中的師傅，他坐著的姿勢很慵懶，臉上的表情卻很平靜。在小時候，他給我的感覺就像一個滄桑的中年人；如今，歲月卻在他臉上留下了一道道深刻的痕跡，他看起來終於像個真正的老人了。

可即便如此，我還是貪心的想留住他……我不在，也讓道童子完成著我的願望，但如今為什麼我會如此心驚肉跳。

「師傅失蹤了那麼些年，你一定很想知道在我身上發生了什麼吧？你不問，不過是不想剝開離別的痛苦歲月，但我和你的人生早就在遇見的那一刻相連了，傳承也包括和你分享我的人生中的點點經驗和經歷……我是該告訴你了，承一！」師傅看著我，想要在這時點燃他的旱菸。

山上風大，我連忙為師傅遮擋住這凜冽的山風，師傅點燃了旱菸，看著我，眼中是說不出的慈愛，而我卻轉頭低聲對師傅說道：「師傅，以後再說不行嗎？」我總是覺得異常的不安。

「以後再說？承一，你的情況還要瞞我嗎？我的生命在你找到我的時候只剩下了一年，我是這樣，除了凌青，所有的人都是這樣！你難道還想走在我這個師傅的前頭嗎？你覺得我會允許嗎？」師傅很是平靜地說道，卻是在質問我。

而我，站在山頂之上，聽聞到這個消息，差點兒站立不穩，還是師傅一把拉住了我。

「你還剩下多少時間？你該告訴我了，或者說，從現在開始，你就要學會不要放棄自己，要做好攀登山峰的準備了，而在這個之前，我必須要告訴你我的事情，只因為，接下來的時間，我想就是我生命最後的絢爛，我要全心全意的準備。」師傅拉著我，認真說道。

我任由他拉著我，有些呆愣的表情，風在我們之間吹過，是不是生命也如此，終究會不留下痕跡，還是這痕跡會隨著一代又一代的傳承，永遠的刻畫在我們的心中？

第一百六十五章　蓬萊

我被師傅拉回了山頂，在他身邊沉默的坐下。

我的腦子一團亂，卻是在思考一個毫不相干的問題，如果是小時候，不，就算是十年以前，師傅要是告訴我，他只有一年的壽命，我的第一個反應肯定是控制不住的哭。

而在如今怎麼是越發沉默，想哭卻是覺得哭不出來，只覺得巨大而冰冷的哀傷將要淹沒我呢？

這就是成長的代價嗎？變成了想笑笑不暢快，想哭哭不出來的沉默，忽然覺得師傅這樣坦蕩的境界，又是什麼樣的心境呢？人，總是要在經歷以後，兜兜轉轉的想要再走回去，就如同成人了，也想要有一分童真的真摯心境。

好像是在做無用功一般，但實際上不去經歷一些滄桑，怎麼會明白它的可貴？收穫的其實是「懂得」。

師傅有些粗糙的手落在了我的頭上，靜止著不動，風聲吹過，似乎是他的歎息。

傳承的力量就在於，一些小小的細節也會被傳承下來，就好比師傅愛摸我的頭，我愛摸慧根兒的頭。

「我走了很多年，你知道我是為了找你師祖。這麼多年，我可以說見到了你師祖，又沒有見到。」師傅的聲音傳入我的耳中，在此刻已經沒有了太大的情緒，有的只是經歷過後的平靜。

我盤腿靜靜的聽著，發現生命中值得珍惜的太多，就比如說此刻的靜好，下一次再出現又該是什麼時候？

「你應該知道了你師祖留下的幾處殘魂的祕密吧？」師傅突兀的問了一句。

我看著師傅，靜靜的點頭，說道：「是的，是在印度，一個叫強尼的老人，師祖的朋友告訴我的。」

「強尼？」師傅揚眉問了一句。

「是啊，我也經歷了很多，師傅你要聽嗎？」既然是要撕開往事，不如索性說個痛快。

「好，聽……」師傅點點頭，山上的風隨著夕陽的漸漸淡去，夜色慢慢的來臨，變得大了一些，師傅從懷中掏出了兩壺酒，遞給了我一壺。

我擰開了蓋子，吞了一口，然後也是望著遠方說道：「我該從何說起呢？師傅，就從你離開我，那一夜的竹林小築說起吧……」

人生的歲月有時候看起來很漫長，可是當你訴說的時候，發現有一點很奇妙，那就是你以為那麼漫長的人生歷程，竟然可以濃縮在幾個小時內對一個人說清楚。

酒壺很小，所裝的酒也不到半斤，但是有一口沒一口的喝著，當我說完我經歷的事情時，酒壺裡也還剩下一小半。

原本又是一個晴好的天氣，夜裡自然也是星光漫天，坐在山頂看著星星，就像觸手可及一般的近，也更感覺像是一顆顆寶石在閃爍，遠處的銀河則是一道迷濛的銀帶，一下子劃過天空，就這樣停留著了。

聽完我的經歷，師傅久久的沉默，過了好半天，他才說了一句話：「這些年你很苦，也成長得很快，我心疼，但也很欣慰。」

說完這句，師傅喝了一大口酒……一句話就已經是千言萬語，我和他走到了生命的這一步，基本上是不需要太多的言語來表達什麼了。

「師傅，道童子壓制自己的意志只有三天。在這之後，一切也不是他能控制的，而今天就是第三天，我並不知道是在今晚，或者是在明天早上，我的意志就會漸漸被道童子的意志所磨滅。不過還好的是，他能留下的我記憶。」在訴說完一切以後，我故作輕鬆的笑笑，然後補充了一句：「其實我的靈魂也留下了，只不過其中的意志變成了道童子的……真是擔心呢，那個傢伙做事的風格和我完全不一樣，以後會不會把我的朋友都得罪了。」

說話間，我仰頭喝了一大口酒，酒壺基本上要空了。

而師傅放在我頭上的手卻不自禁的一抖，可能怕被我察覺他的情緒吧，他把手收了回去，只是低聲地說道：「狗日的，我現在是沒力氣踢你了，靈魂的核心就是意志，而意志除了最初的本質，還會因為環境和際遇的不同而形成，就算是前世今生，靈魂是不變的輪迴，但意志總是會變的，只有超脫了所有，跳出了輪迴之外的人才能勘破一世又一世的錘煉，剩下最接近，或者說就是本心的意志，熔煉每一世的意志！而意志可以說就是一顆心，心都不同了，你還談什麼靈魂留下？就像人都不在了，衣服留下有什麼意思？你是我的徒弟嗎？我剛才才和你說過攀越過這高峰，你卻連心都不要了。」

我微微仰頭，說道：「如果可以的話，我為什麼不想要？師傅，道童子的強大意志不是我能……」

「屁話，意志沒有強大不強大，在我眼裡只有對與錯，你今生悟到的對，一定就能覆蓋前世犯下的錯，正道總是主流，人世間不管變成什麼樣，人們還能保持清醒，就在於主流還是宣揚著正，宣揚著善，因為人不是只為了自己活著，不是一個單純的個體，孤獨的存在，只有溫暖的一切，才是繼續前行的力量，才是生命輪迴不息最終的維繫。」師傅這樣對我說道。

而莫名的我心中就像忽然有了觸動，沉浸在傷感三天中的情緒好像也得到了一絲釋放。

是啊，美好的一切才是最終的維繫，就連動物也有護著自己孩子的天性，這就是天道賜予的溫暖母性。如果我是對的，我緊緊的握著拳頭，在道童子面前，我是對的嗎？

我的拳頭握得有些發白，而師傅卻是說道：「我是相信你的，即便在這麼多年尋找你師祖的過程中，我一直都是相信你的。」

我沒有表態，而是對師傅說道：「為什麼是見到了師祖，又沒有見到？」

「見到了，我想你應該理解，我給你的珠子裡，就是你師祖熔煉過後的殘魂，也就是你師祖剩下在這世間的所有殘魂了。而沒有見到，是因為之於我，你師祖是一個活生生的人，帶給了我很多溫暖回憶的人，而不是為了守護而被剝離的殘魂，你明白了嗎？」師傅淡淡地說道。

我能理解師傅的心情，但是我不能理解的在於強尼大爺曾經親口告訴過我，這個師祖殘魂的祕密只有他知道，為何我師傅會找到師祖的殘魂？

師傅好像看出了我的疑惑，轉頭笑著對我說道：「其實，這個祕密就如你剛才對我講的，只有強尼大爺一個人知道，但是自從我看見了蓬萊，我就知道一切了。」

我的心跳不由得加快，雖然這些年，蓬萊昆侖的謎題一直困擾著我，也是我一直追尋的道路……但是，在我心底還是覺得我可能追尋不到，那是因為心底對傳說的敬畏。

所以，我忍不住用最後的酒來平靜了心中的情緒，但聲音還是忍不住顫抖的問道：「師傅，難道你真的去了蓬萊？」

「蓬萊？」師傅的眼中出現了迷惘的光芒，似乎是在回憶著什麼，接著他抹了一把自己的臉，說道：「我看見，但不代表我去了……因為，在那一刻我忽然有了一種深刻的理解，那就是人要在對的地方，不，應該是萬事萬物都要在對的地方，你懂嗎？」

我搖搖頭表示不懂，明明蓬萊就近在眼前，師傅為什麼要說這樣一番莫名其妙的話，如果是我發現了傳說中的所在，那旺盛的好奇心，都會讓我不顧一切的去登上蓬萊，想去看看我大華夏傳說的源頭之一。

「就像螞蟻要生存在螞蟻窩裡，雄獅要生存在草原上，我是生活在這個地方，而我不夠資格進入蓬萊。這樣，你懂了嗎？」師傅這樣對我說道，然後又繼續說道：「很多事情，不是說近在眼前，就可以真實的觸摸，就像放在水裡的東西都會有折射，眼睛也是會騙人的。」

「那師傅……你的意思是說，就算蓬萊近在我們的眼前，也離我們很遠很遠？」我也迷惘了。

師傅搖搖頭說道：「那不是我現在能夠給你解釋的……你知道，我是你師傅，如果可以給你解釋，我早就對你說明白了。」

「那師傅，你為什麼說看見蓬萊，你就明白一切了？」我認真的問道，想起了江一給我的資料，發現我有很多的問題要問師傅。

「那是因為，你師祖最大的一道殘魂就在蓬萊的入口守護著，在那一刻我以為我終於見到了你的師祖！而我其實在那個時候也才明白了，為什麼叫欲上昆侖，先尋蓬萊。」師傅低聲的對我說道。

而這一切，讓我激動得全身都在顫抖。

因為不管我見識到了再多的神奇，還有什麼比這些神話傳說所在的地方，更讓人激動？其實，我是真實的接近過的，就在黑岩苗寨的惡魔蟲化形的時候，我看見了一個霧氣籠罩的所在，在事後回想起來，我越發的懷疑那就是昆侖！

如今……所以，我忍不住問了師傅一句：「為什麼？」

第一百六十六章 過往(上)

師傅看了我一眼，眼中盡是好笑和回憶的神情，然後拍了一下我的背，說道：「怎麼還和小時候一樣，遇見什麼事兒就急吼吼的想要知道？跟你講好奇害死貓這句話，估計是沒用吧。」

我說師傅咋這個眼神呢，原來是想起了我那好奇心旺盛的小時候，如果不是這樣，我又怎麼會帶著如月和酥肉去到餓鬼墓呢？

其實，這人生中本就有很多未解之謎，就好比小時候超渡的那艘餓鬼船，忽然在水面詭異的消失不見，直到如今我也想不通去了哪裡，而師傅給我的解釋只是簡單的說明，很多東西他也只是知道怎麼做，但為什麼那麼做他卻是不知道的。

這件事情如今還在我心裡耿耿於懷，我想我其實就是那種骨子裡想要知道一切的人吧。

而原因是那一次次離別讓我缺失的安全感，總是覺得知道了一切，心中才有底氣。

師傅到底不像我想那麼多，只是說道：「因為蓬萊確切的說是……是……我不知道應該用什麼來形容它，總之它是移動的，你靠近它就能明悟，它是通往昆侖的橋樑。再直白一點兒，用現代的話來說，蓬萊就是通往昆侖的交通工具吧。」

師傅說到這裡眉頭皺著，顯得他也不是很肯定這件事情。

我長呼了一口氣，在華夏的傳說中，蓬萊是一座仙島，在大海上……而在師傅口中，它竟然是在大海上移動的？而且還是通往昆侖的交通工具？這簡直和我想像中的蓬萊大相徑庭。

「師傅，那蓬萊上有什麼？」其實這是我最好奇的問題，師傅說他不夠資格上蓬萊，那到底什麼樣的存在才能在蓬萊上？

「籠罩著一團迷霧，看不清楚……只是你知道當時我們是追蹤著一條化龍的蛟而去的，它爬上了蓬萊！我想，蓬萊上真的有世間人口中的仙人，或者各種傳說中的生物吧？再不濟，也是你師祖這種存在……其實我也不知道，只是你能感覺到它與這個世間的截然不同，能感覺到它的仙氣，能感覺到它是做什麼的。」師傅的眼中帶著更深的迷惘，還有回憶的神色，但沒有什麼嚮往的感覺。

這讓我覺得很好奇，畢竟離傳說中的仙境那麼近，怎麼可能不嚮往？我問了一句：「師傅，你真的確定那就是蓬萊嗎？你為什麼一點兒都不嚮往的樣子？」

「我確定那就是蓬萊，不要問我為什麼……總之，當你看見的時候，你就能確定它就是蓬萊。至於嚮往……我為什麼要嚮往？我是一個沒有什麼追求的老頭兒，也沒有所謂的一心追求形而上的心，只是希望一舉一動符合天道，有點兒底線，對得起自己良心就夠了。神仙居住的地方再好，也抵不住這世間有我牽掛的人，這就是所謂的看不破紅塵啊。」說到這裡，師傅點燃了他的旱菸，山頂的風把旱菸的煙霧很快就吹散了。

但吹不散的是那絲絲熟悉的旱菸味兒，雖然到了雪山一脈加入了一些東西，已經稍微有些陌生。

我的眼眶有些發熱，師傅說得輕描淡寫，但我明白他在說什麼。他當年一去昆侖，身邊全是親近之人，如果說世間還有什麼最牽掛的，讓他連仙境都不嚮往的人，那只能是我。

另外我也知道，所有經歷的一切，應該是危險重重，師傅卻是講得相當簡略，應該也是不想讓我擔心而已。

在蓬萊師傅遇見了師祖的殘魂，那麼一切問題都很好解釋，師傅為什麼會有師祖的殘魂啊，師傅為什麼會知道那麼多……包括所謂的大時代開啟，包括年輕一輩紛紛出山，甚至包括我是其中的關鍵人物。

只是想起那個時候江一給我的線索，我還是忍不住想問，在這個沉默的當口，我把問題一個個的整理了出來。

大概就是那影碟裡師傅有所暗示的地方到底是什麼意思？

師傅在其中一張影碟裡受傷了，當時我們觀察水面有波動。

師傅最後又怎麼出現在鬼打灣那個神祕的空間？為何要對我說壽命只剩下一年？

以及師傅防備江一，又是一個什麼意思？如果說不是防備的話，他怎麼可能在影碟裡做出暗示我的動作？

在我問問題的時候，師傅很沉默，在聽完我的問題以後，他才開始一一解答：「承一，當年我毅然決定去找昆侖，並不是什麼衝動的舉動，而是在有了一定的線索，外加你李師叔的預測下才出發的。畢竟，你師祖是伴隨著我們成長的人，很多的細節和很多的回憶，不可能一絲線索也沒有，而那麼長的歲月，我一直在收集破解那些線索，在有空的時候，沿途走過了你師祖走過的很多地方，很多事情越來越清晰。」

「那李師叔他……？」我的臉色一下子變得沉重，如今我們都在雪山一脈，而李師叔的孤墳卻還在竹林小築，他是否覺得寂寞？也應該不會吧，那是他選定的安葬地點，還有我從未謀面的小師姑陪伴，應該會很安謐吧？

只是在重要的人齊聚的時候，唯獨少了李師叔，我的心裡想起來就莫名的難過，那個長得挺拔嚴肅，歲月也不能掩蓋其英俊的男人，默默的關注我，連我上學逃了幾節課都知道的男人……如今他在的話，又是怎麼樣的場景？

其實我知道，他早就默認了我和師傅在老李一脈是大家追隨的核心地位，而當年發生了什麼讓他不滿師傅的事兒，估計也早就被他原諒了。如果不是的話，他怎麼會如此關注我的德行和我的一切？

提起李師叔來，我很沉重，但有一個人比我更加沉重，那就是我的師傅。一直很平靜的他，在提起李師叔的時候，連拿旱菸杆子的手都在顫抖，彷彿那很輕的旱菸杆子有萬分的重量，他快要拿不起來。

和我不同，師傅很少哭，到了他那個心境，有一種生死皆是輪迴不必傷感的大超脫，可是在這星光之下，我還是看見他分明紅了眼眶，大喘息了很久，才平靜了情緒。

「你李師叔當年也是要去找你師祖的，他是孤兒，從小被你師祖收養，他曾說過，若論感情，他對你師祖的感情比我們任何人都深，那既是師傅，又是父母，怎能割捨？只是他又說，我們都去找你師祖了，是什麼結果未定，剩下小師妹一個人，難免寂寞，那他就陪著吧，守望著我們回來。承一啊，那個時候，你李師叔知道自己命不久也，有我的平安符守護，也不過只有十年不到的歲月，畢竟浸淫命卜二脈已久，對天道自有感應……」說到這裡，淡淡的歎息聲，伴隨著從喉嚨裡發出有些哽咽的「咕嚕」聲，讓師傅有些說不下去了。

我的內心也說不上是什麼樣的感覺，沒敢去問李師叔和小師姑的往事，問了也是不敬，但其中的深情，只要不是傻子都能感受出來。

曾經，我就感覺生命是一個輪迴，是一代又一代的宿命傳承。師傅追隨師祖的步伐，而我們在師傅們的身後，追隨著他們的步伐。那個時候，李師叔與小師妹的感情，在幾十年的歲月輪迴後，在承清哥和承願的身上同樣的發生。

就像師傅和凌青奶奶的一段緣分，也帶起了我和如雪的一段緣分。我在想，如果我是李師叔，我會不會做出同樣的選擇？也許也會一樣吧，只是想到這裡，我忍不住問師傅：「師傅，你剛才說李師叔他還有十年不到的生命，可是……就算是八年吧？他怎麼會那麼早就……」

「很簡單，他瞞著我們用燃燒生命為代價做了一次推算。他說，不能一起上路找師傅，那就用這份心讓師傅知道他的思念吧。因為他原本的命數就是如此，用平安符也是強求而來的，還不如隨了命，老天一切都自有安排。」說到這裡，師傅的臉上終於落下了兩行清淚。

他沒有多說什麼了，我卻是能感覺到，在他知道李師叔瞞著他們，給他們推算出了一條路以後，是什麼樣悲痛的心情。

而我也恍惚回到了那一天，師傅們都消失以後，一個失魂落魄的身影抱著李師叔的骨灰盒來到竹林小築的場景。

雨紛紛，人生自古傷離別，那麼幾千年的歲月都看不透的離別，也不過是人心中強大的感情力量才導致的結果……可是明白了又如何？雨紛紛的日子，終究是雨紛紛，會傷感的離別，始終會傷感。

老天爺要求人勘破，可是我卻覺得老天爺不是讓我們勘破，而是讓我們更愛……愛到老吾老以及人之老，幼吾幼以及人之幼吧。

這，才是人世間最珍貴的東西吧。

第一百六十七章　師傅

師傅離去的事情到這裡基本上可以看清楚脈絡了。

他不是莽撞的就帶著一幫人出走了，而是在這些歲月中不停在收集線索，而這些線索，就像我沿著他的足跡收集的一切線索一樣。

而如果讓我這樣去收集師祖的線索，我卻是收集不到，因為師傅才是那個在師祖身邊長大的人，而我是在師傅身邊長大，生活總不能掩蓋一切的痕跡。

這樣長長時間的收集，加上李師叔最後的推算，這才是師傅上路的把握。

比起我的莽撞，師傅算是很謹慎的準備了，這麼長的歲月，我想他一刻都沒有忘記找師祖的事情，就算在帶著我的時候，等我稍微長大一些，他也不是隔三差五的就要「失蹤」一些歲月嗎？

現在看起來，歲月中的一些謎題已經解開了，在這樣的準備下，師傅最終能找到蓬萊，找到師祖遺留的最強殘魂，也是有道理的。

而其他的謎題，師傅也在和我一一解答。

「其實我們老一輩也低估了你們小一輩，在那個片子裡那麼隱晦的提醒，我一度擔心你們是否能看懂，沒想到你們真的注意到了，那些地方，是我刻意讓你留意的，但為了不讓外人看出來，我只能……其實你要問我那些地方有什麼，我現在可以回答你，有你師祖留下來的一些傳承和法器。」師傅舔了一下嘴唇，很平靜的對我說出了這句話。

「啊？」我沒有想到是這樣一個答案，可是我也疑惑不解，望著師傅說道：「師祖的傳承不是有我們嗎？他為什麼……？」

「之前，我也是不知道答案的，可是去了那些地方，我才得到了答案。那些法器是你師祖留下來鎮壓的法器，根本就是動不得的。而所謂的傳承其實也只是針對修者的，普通人發現了都沒有用。在傳承中說明了陣法與法器的作用，如果有無意發現的人，請繼續的守護。」師傅苦笑了一聲。

「那些地方，都是曾經出現昆侖遺禍的地方吧？」師祖這些行為，我一下子就得到了答案。

「是啊，可以說你師祖是做得滴水不漏了。那些鎮壓經過了時間，一定會把那些遺禍消弭於無形，他不能親自動手去殺，因為他來自昆侖。昆侖的規矩是在除了昆侖以外的地方，昆侖的一切存在不得自相殘殺。這個一切包括了任何，就比如你看見的紫色植物。」師傅給我解釋了一句。

其實這些我都知道，也就知道師祖來還這個果，是有多麼艱難，艱難到窮盡一生都不能完全完成，到最後還要剝離自己的魂魄。到最後，我們這個傳承的後人都還要繼續著。

師傅也是走了不少的彎路，最後抓住蓬萊這個線索，最終才……而師傅剛才在訴說的時候，已經告訴了我，那一條化龍的蛟，就是李師叔給他們帶來的最後努力，是李師叔推測出來的化龍之蛟。

說到這裡，一切疑惑也有了解釋，師傅讓我留心這些地方，也是一種為了師祖所做的延續，如果他們不在了，我們去到那些地方，一定也會發現師祖留下的法器和傳承，繼而來守護那些地方，有什麼比後輩的守護更可靠呢？

「可是師傅你還沒有和我說，為什麼你要那麼隱祕……？」這是我心中最大的疑點。

「很簡單，那一次的行動我選擇的是和部門合作……其實，那個時候，江一在部門已經積威甚久了，說是和部門合作，到後來我才發現，基本上是在和江一合作，派來跟著我們的人都是江一的心腹。可是江一沒有料到的是，在這些心腹當中，卻出現了那麼一個人，和我們的關係不錯，通過長時間的觀察，我也知道他是一個真正人品過硬的人，他用各種方式提醒我們小心江一，並且讓我知道了，其實關於我們這一路的資料，都祕密流向了江一。」師傅皺著眉頭，眼中也有一些捉摸不定的意思。

「江一？他……」我料想到答案是這個，但沒有想到真的是這個。自從師傅留下的影像，讓我看出了問題以後，我不自覺的就在防備江一這個人，但是我靈覺那麼出眾，也沒有從他身上感覺到什麼。

但我在這個時候卻是想起了一件往事，那是我最接近死亡的一次，被江一打了好幾槍，然後被踢到了水中，但事後卻得知是江一在保護我，並且一路安排人讓我逃亡。

如果是這樣，江一到底又是為了什麼呢？

我想不出來一個答案，只能求助的望著師傅，而師傅看著我，也是搖搖頭，說道：「兩個可能，第一是那個我覺得人品過硬的人自己對江一的偏見，畢竟江一是一個不怎麼講人情的人，為了部門什麼事情都能做！就像員警為了抓犯人，犯人太狡猾，員警偏偏嫉惡如仇，為了抓住犯人，動用了法律以外的手段，所以，讓那個人誤會了！第二則是江一隱藏得太深，深到可能他連他自己都騙過去了。」

「但師傅，如果是第二的話，江一的目的是什麼呢？」這一點，我想不通，在這事情越來越糟糕，各大勢力都開始碰撞的如今，江一的部門表現得是前所未有的弱勢，這種弱勢不只是現在，以前也是，只要不驚動到普通人，不影響到部門他就不管，連保護我的感覺都是小心翼翼的，感覺像是在夾縫中生存。

我真的感覺不到他的目的，所以就想不通，他隱藏那麼深到底是為了什麼？

「我也不知道。」師傅搖搖頭，顯然比起我，他更加不瞭解江一。唯一，對江一瞭解一點兒的就是珍妮大姐頭，但是珍妮大姐頭沒有給過我任何的暗示，要我小心江一。

這個問題我和師傅討論起來顯然沒有任何的意義，因為在如今大戰當前，我的生命可能過了今夜也就停止了，而師傅……想起來，我就很心酸。

不過在這個時候，我還是想起了一個問題，忍不住問師傅他說的那個人品過硬的人是誰……我對照著一切的細節，結果竟然發現，那個跟在師傅身邊，被師傅所信任的人竟然就是白瑪的父親。

竟然是有這種巧合！

看來，路山和陶柏出現在我的生命裡，真的不是巧合，因為交集依然是在上一代就開始了。

在這裡，我想起了那莫名其妙的日記，日記的內容到現在我還模糊的記得，師傅既然在我面前，我忍不住就拉著師傅，把日記的事情說了，因為那個日記寫得太莫名其妙，我也不懂其中的意思。

而師傅在聽了日記以後，久久不能言語，過了很久，他才望著我說道：「這個就是陶然寫的，因為他寫的日記，你說的其中一段內容，我看過……他寫日記從來不避諱我的。其實，他又能寫些什麼呢？畢竟他那麼防備江一，在他的說法裡，一切都被江一監控著。」

「可是師傅，你也沒有上去過蓬萊，他在日記的最後也說沒有跟隨而去，那他人呢？我看路山的樣子，好像並沒有在江一身邊看見過陶然啊。而看江一派路山和陶柏來跟隨我們，說明路山和陶柏也是……」接下來的我沒有說下去，我是想說那麼路山和陶柏也算是心腹了，是不是？

看路山的態度，他對江一也不是很忠心，而是在關鍵時刻毫不猶豫的選擇了站在我們的隊伍裡，他的態度至少和我一樣，既不和江一走得太近，也不和江一走得太遠，反正不是太在意的樣子。

而在路山背叛了以後，是很明顯的背叛了，因為路山已經徹底成了我們的人，江一也沒有過多的追問什麼……我越來越想不通了，這個江一到底葫蘆裡賣的什麼藥，還是他覺得他不想插手這些紛爭中？

畢竟他想找的是昆侖，事到如今師傅已經再次出現了，也無所謂找昆侖了，他是不是也就懶得管了？

我沒想到事到如今還有重重的迷霧，但是……這些迷霧或許和我沒有關係吧？我這樣想著，我出色的靈覺在江一事件上也感覺不出來什麼。

而師傅對我的問題也是搖頭，顯然他也不知道陶然的下落，沉默了一會兒，他則繼續說道：「其實之後的事情很簡單，找到你師祖的殘魂以後，就能和你師祖溝通了，即便是殘魂，他還是會告訴我們應該做的事情，就比如找到其他的殘魂，就比如昆侖遺禍。這些年，你在清除昆侖遺禍的同時，我也在，只因為……」

說到這裡師傅停住了，我望著他的雙眼，他卻對著我笑了。

他對我說道：「只因為，師傅說你是應命之人，他的殘魂最後是要落在你身上，昆侖遺禍的事情，就算你避開，命運還是會兜轉到你面前。我只是想，如果我們能為你清除一些，你就少了一些危險啊。」

「師傅！」我再也忍不住，一下子望著師傅，兩行淚水滾落了下來。

以前，我覺得師傅狠心的拋下我，又覺得他一直都在，都在守護著我……原來，他是真的在守護著我，即便我們相隔千里萬里，原來他從來都沒有拋下過我。

第一百六十八章　過往（下）

我之前一直在想自己不流淚，是不是已經太過成熟，而忘記了怎麼去流淚。

但事實上真的流淚了，我的第一個反應竟然是下意識的去掩飾，一把就擦去了臉上的淚水，上一次的放聲大哭是在什麼時候？就算再次見到師傅我也只是無聲的流淚，我快想不起來了，是在老林子看到師祖留字的時候？

「風好大，真是吹迷了眼。」我轉過頭低聲說了一句，在這種時候，總覺得太過度表達自己的感情，是一件很肉麻的事。

師傅沒有說什麼，可能也清楚，我成長到了這個年紀，應該經歷怎麼樣的心境。

「承一，你真的一定要活著……」剛才的淚水讓氣氛一下子變得沉默，在過了很久以後，師傅才對我說出這樣的話。

「師傅，你要我一定活著，為什麼你不對自己說出同樣的話？我們是修者，應該看淡生老病死，甚至曾經莊子因為自己妻子的死而開懷，因為他認為這是自然之態，是輪迴是天道。師傅，按照你的看法，你這一世要走完了，我甚至應該為你辦一次喜喪，因為你姜立淳堂堂正正在人間近百年，一直都有些底線，一直都未亡大義，這一去……是朝著更好的地方去，下一世若有輪迴，也是圓滿的一世，甚至說不定這一去，就已經可以擺脫輪迴之苦。」說到這裡，我的聲音變得有些顫抖，根本就不受自己的控制，我只能拿過師傅的旱菸，狠狠的吸了一口。

可這明明濃香的氣息，吸到口中卻是那麼辛辣，同往常無數次一樣，我吸得太猛，還是會被嗆得連聲咳嗽。

「傻小子，吸旱菸的方式和吸香菸是不同的。狗日的，好的不學，盡整這些……」師傅說著忍不住拍了我腦袋一巴掌，這是我們最熟悉的相處方式，就算生命只剩下十分鐘，這樣的方式說不定還會上演。

習慣是個可怕的東西，有些時候它就是近乎是本能，可以超越一切的情緒，喜悅，悲傷……在這麼傷感的時候，師傅和我竟然還是如此，這就是習慣。

我覺得自己也真的是犯賤，之前難過得說不出話來，聲音都在顫抖，被師傅這麼一拍，反倒有一種安心了，而人安心才能有底氣，之前說不出口的話也變得順利了。

「師傅，你覺得應該是這樣的吧？對不對？可是原諒我吧，原諒我的自私，就算有輪迴也給不了今生人的安慰，因為你所有的羈絆和情感都留在了今生，和下一世又有什麼關係？師傅，你要我好好的活著，我何嘗不想你好好的活著，多幾年是幾年。你知道我們才相聚，接著又一路逃亡，到如今在雪山一脈安定了下來，又要面對大戰……但，你可知道，我是多希望再過回我們曾經的日子，哪怕……」說到這裡，我的情緒很激動，我都不知道這些零零散散的句子，是否能清楚表達我的意思。

可是我面對的人是師傅，那個從小到大最是瞭解我的人，他是一定聽懂了我在說什麼，還是熟悉的兩股旱菸從他鼻子裡冒出，他的表情也看不出來究竟是傷感還是強行的平靜，他只是低聲地說道：「最不可追的就是往事，那個時候相依為命的歲月，就算這樣去做，心境也不同，何不就此留在心間？那也是足夠了。」

「師傅……」我心中大急，我還是和年少時一樣認為，只要師傅願意，就沒什麼事兒解決不了，我怕的就是他根本決心已定。

我們既然是師徒，就總是有相像的地方，而最大的相似之處就是我們都太過於倔強。

「承一，道法自然，一切都在自然之下，生老病死本是自……」師傅平靜的對我這樣說道。

我一下子激動的站起來，對著師傅大喊了一句：「不，我不放！」

我沒想到荒村的事情隔了那麼多年，又一次我站在了師傅的面前，喊出了這樣一句話，每一次都帶著有一些任性的色彩，讓人頭疼的倔強，無法被說服的頑固，但這何嘗又不是我的真心？

「承一，你不放，也會從你手中飄落……你又何必撕扯得彼此都是傷痕？感情若重，放在心中便是……放在回憶中已好！有時候擁有的價值並不是在於你的一句你不放，難道你還不明白？」見我再一次喊出了這樣一句話，師傅先是一愣，接著臉上浮現出了追憶的神色，接著也是站起來，平靜的面對著神色激動的我。

風再次從我們師徒二人之間吹過，吹得我們衣角獵獵作響，這是一次沉默的對峙，碰撞的是我們師徒之間彼此的倔強。

可是我太清楚，在這其中我憑藉的只是自己內心的一腔感情和不捨……若論對錯，師傅說的才是真正的正確。

漸漸的我的身體發軟，一下子雙手支撐，跪倒在了地上，師傅只剩一年的時間，這個消息何嘗不是拿走了我心裡的一個巨大支撐啊……再也站不起來的那種疲憊，幾乎在這一刻瀰漫在我的身體。

「你是覺得我說得對了嗎？」可是對於這樣的我，師傅並沒有同情，他知道要給我一個時間來消化。

我的手緊緊抓住地上的碎石子兒，指尖傳來了陣陣刺痛，我知道師傅是對的，但對不對和我接不接受，現在我覺得沒有任何的關係。我的聲音低沉，只是埋頭問道：「師傅，你告訴我一年的壽命究竟該是怎麼回事兒？」

「很簡單，在鬼打灣那個神的鎮壓之下，我們早就應該是死人了，得到的應該是靈魂出竅，繼而魂飛魄散的效果。在關鍵的時刻，是你師祖的殘魂分出了一部分力量對抗鎮壓的陣法，同時強行的鎮壓住了我們的靈魂在身體裡，溫養著我們的靈魂不被陣法所磨滅，只是……」說到這裡，師傅歎息了一聲。

「只是什麼？」我想起來了那個祭壇，還有那祭壇上神祕的陣紋，說的是自然形成的天之陣紋，我只是去添上了一筆，就幾乎……師傅他們就被鎮壓在這樣的陣紋之下，竟然出來之後一個個像沒事一般，原來是如此嗎？

我的眼睛發紅，瞬間對那個昆侖殘魂和那個神痛恨到了極點，可是我該怎麼去痛恨他呢？他已經……親手被我給結果，然後封印進了天紋之石，只是天紋之石……！

我一下子抬起頭，胸中的怒火幾乎要把我焚燒殆盡一般，我們最後逃出了鬼打灣，留下楊晟和那裡的鬼修大戰，結果我並不知道，因為我們也沒有管道得到一個結果，可是我清楚知道楊晟回來以後實力大增。

難道說……我不知道應該恨誰，只是在這山之巔，怒吼了一聲：「楊晟！」

「陳承一！」卻不想在這時，師傅忽然嚴肅的看著我，跟著怒吼了一聲。

我一下子被師傅的聲音吼得驚了一下，整個陷入了恨意的心也一下子清醒過來，冷汗瞬間佈滿了額頭，而師傅看著我說道：「你這是要上演一齣什麼戲？當著你師傅的面兒，一顆心被恨勾引得走火入魔嗎？」

我望著師傅心裡也是後怕，冷汗一下子就打濕了我的背，道家之人要有底線，在是非要分明，而不是心境上要愛憎，是非應該排在愛憎之前，否則要由愛憎主導是非，就是入了心魔。

不管是愛還是恨，都不能被這些情緒所主導，否則按照道家的說法，那就是心境的走火入魔！不管我再恨一個人，再愛一個人，都應該建立在是非的基礎上，是非的背後站著因果，除非我認為我清楚是非，而又可以克制愛憎，承擔因果，才可以做自己想行之事。

這三句話說起來簡單，事實上一旦面對，卻可能是一生一世的事情，就像你接受了一條狗的生命，讓牠陪伴，你所要做到的就是負責牠的一生。

我一下子想到了很多，看著師傅，在這一刻我竟然差點兒走上偏激的偏離正道的心境，我實在慚愧。

深吸了一口氣，我重新坐好，對師傅說道：「師傅，我明白了，你繼續說下去吧，我想知道這件事情的全部，而為什麼凌青奶奶……？」是的，這也是我一直以來的疑問，為什麼凌青奶奶的情況那麼特殊，而師傅說她不只一年的生命。

「在當日，你師祖的殘魂也算盡了全力，他給了我一個選擇，耗費一半的力量，來破開這個大陣，或者是繼續這樣溫養著，但只能拖延兩年的時間，但相對來說，你師祖的殘魂力量就會耗費的少一些。」師傅沒有直接回答我的問題，而是對我訴說了這樣一段往事。

「師傅，你是不是選擇了第二？」我的臉色一下子變得蒼白，我在痛恨自己，痛恨自己為什麼去得太晚？

「是，因為你師祖的殘魂是最後那一戰最大的底牌，是揭開大時代的因。你知道最後那一戰要面對什麼嗎？而你凌青奶奶則是……」師傅說到這裡，淡淡的歎息了一聲。

然後他話鋒莫名其妙的一轉，望著我，眼神也變得有些無助的對我說道：「承一，記得那一晚嗎？記得我們重回竹林小築，我守著你泡香湯的那一晚嗎？」

第一百六十九章　悲痛的希望

那一晚？我怎麼會不記得，是我們開始逃亡前的一晚，我的傷勢剛好，師傅為我煮了香湯，在看見的一瞬間彷彿又回到了少時的歲月，而那一晚一幕幕的溫情我也都還記得。

師傅為什麼要提起這個？我看著師傅，一時之間不太懂他的意思，我的心被一年這個時間生生的折磨著，腦子的思考能力也快要僵化了。

「還記得我給你說過什麼嗎？」師傅轉過頭來望著我。

在這一瞬間，我第一次從師傅這裡看到了這樣一種情緒，這種情緒在師傅離去的時候，常常會出現在我身上，所以我對它太熟悉了，這種情緒就叫做是——無助！

師傅竟然也會無助，為什麼會無助？他讓我想起那一天，他說過的話，我自問記憶力不錯，但是要記得幾個月前說過的每一句話，還是不可能的啊。

我皺著眉頭努力回憶著，忽然有一句話清晰出現在我腦海裡，在那個時候，師傅在幫我擦背，他曾經這樣對我說過：「人老了，戀家！我是打個比喻，如果有一天我老了，老到人事不知了，我想要在這裡養老，你可是要陪在身邊。」

是這樣一句話嗎?師傅明明就只有一年的壽命了,為什麼要對我說這樣一句話?難道事情還有希望?我的內心一下子火熱了起來,在當時我還在為那句話奇怪,就被師傅用別的話題帶過去了。

「師傅,你是說的那句話嗎?如果有一天你老了,老到人事不知,養老的時候我要陪在身邊?那就是說你還是有希望的,對不對?你要我活下去的意思,也是在暗示我,對不對?師傅,肯定也是不能說,怕被推算出來是不是?」我一下子來了精神,心情也好了很多。

之前在雪山一脈的山門中,師傅有說過不能說太多的意思,怕是一說就被推算出來,我很自然的就給師傅找了這個理由,只要他能活著,什麼都好。

師傅的無助也被我想成了擔心我而已,沒想到面對我這樣的喜悅,師傅竟然可以殘酷的搖搖頭,目光中充滿了一種對我內疚的悲涼,他對我說道:「承一,一切都不是你想的那樣。我想,有些事情提前告訴你,總比你突然面對要好,我是真的所剩時間不多了。」

「什麼意思?」我的笑容凝固在了臉上,眼神一下子再次變得落寞。

師傅扭頭不看我,也不知道是不是不忍心再看下去,他只是歎息了一聲,對我說道:「我這一年壽命的方式有些特別,就像是償還已經註定的命運一樣……之前,我和你說過吧,我們鎮壓在大陣之下的結果是什麼?就是靈魂脫離肉身,然後脫離的靈魂直接暴露在大陣之下,被生生的碾壓到魂飛魄散。」

說到這裡,師傅又吸了一口旱菸,然後望著悠遠的星空繼續說道:「你師祖給出了選擇，我選擇了第二，那也就是意味著，在時間到了之後，你師祖的力量消散以後，我依舊會靈魂脫離肉身的，你知道這樣的後果是什麼，就不用我解釋了吧？」

我的臉色一下子變得蒼白，已經被靈魂脫離了的肉身，無非就是兩個結果，一般情況是變成植物人；第二種，如果肉身強悍，肉身主人的意志力夠強，會殘留一些靈魂的碎片和意志力在其中。但那又有什麼用，也會變成行屍走肉一般沒有思考能力的存在。

這比靈魂慢慢分離出肉身還要殘酷，那種症狀就像老人癡呆症發作了，即便我一直在想，這個人類的病症是不是根源和靈魂有關，但卻不是太過關心。

如今，師傅的情況比這個還要殘酷，就是說一旦發作，師傅的情況會讓我連緩衝的機會都沒有！

「啊……」內心突然湧上的傷心、鬱悶、不甘……就如同潮水一般的將我淹沒，在得知了這個真實的情況以後，我差點窒息，只能大喊了一聲，發瘋般的發洩自己的情緒，覺得自己是那麼的無能為力！

我內心太過明白，師傅他們在那個時候就是註定將死之人，師祖在天道之下留人，已經是……只因為，師祖的殘魂是用來對付昆侖遺禍的，天道安排的命運本就如此。而師祖那個瀟灑狂放的性格，在最終選擇了感情，留住了師傅他們，但也僅能如此了。

就算用續命之術也不行！就好像變成劉師傅女兒那樣都不行，天道之紋的鎮壓哪裡那麼簡單？這不是強用肉身關陰的問題，也不是通過「交易」借他人壽命的問題……強行這樣做了，也無非是讓師傅的肉身多存活幾年……這有什麼意義?

這殘酷的天道之紋，直接剝離的是靈魂!

這一次我的發洩，師傅並沒有阻止我，他只是在我吼完以後，靜靜地說道:「你凌青奶奶，是我欠她的一份情。在當日我們最終被鎮壓之前，我用辦法直接震出了她的部分魂魄，放在你師祖殘魂所在的養魂珠裡。然後我誘惑神，說是只要放了凌青，在我靈魂磨滅以前，我會說出其他昆侖殘魂的所在……其實，我是想多救一些人的，但是你師祖的養魂珠最多也只能庇護一下凌青的殘魂，多了卻是不能，也好在都是師兄師弟還有老戰友，在那個時候大家慷慨原諒了我這一絲微末的自私。包括吳立宇也理解。他知道，這是我們老李和老吳兩脈的事情，其實凌青跟來，只是追隨我而已。」

在這個時候，我才真正的瞭解了事情的來龍去脈，師傅一向不愛表達什麼，對凌青奶奶的表達也很有限，但這番深情，卻在這個平淡的講述中，全部流露了出來。

可是，無論如何的深情，再過精彩的過往，也會隨著人的消失而消失，不是嗎?在師傅的講述中，我悲淚長流……這不僅僅是我一個人的悲傷，也是所有人的悲傷。我想起了那個肖承乾的大表哥，師傅他們最後的結局也是如此嗎?

我恨，卻不知道該要恨誰，我捏緊的拳頭找不到一個發洩的方向，但在這個時候，師傅溫暖的手卻撫上的我的背，他對我說道:「所以，承一，你要堅強起來，你不能就此消失的……你知道我姜立淳一生崢嶸，從來沒有軟弱過，卻不想在現在午夜夢回的時候，也是很怕，怕自己在那個時候變成了那副模樣，吃喝不能自理，那樣多少是有點兒屈辱的啊。佛家說，臭皮囊臭皮囊……靈魂都離去了，還管什麼皮相？我若是有佛家人那份兒心境，倒也還好，可惜我是一個道家人，想法上也不就不同，不管我的靈魂如何了，身體也總是我存在的痕跡，總是希望能夠體體面面的……」

師傅一邊說著，我在旁邊泣不成聲，這是師傅第一次表現軟弱。其實他一直不修邊幅，但不修邊幅只是代表一種他的隨性，不代表他能接受到時候一無所知的活著，他一直都很要尊嚴，他一直沒有彎腰的活過！

他的希望只在於我，我……他的傳承，他的延續，能讓他那樣留存著，都可以體面的離去，但我要如何能夠接受？

「承一，你明白嗎？到最後，要麻煩你照顧我了。就像小時候我照顧你那般的照顧我，可能還會更麻煩。你是我在這種畏懼中唯一的安慰，唯一的依靠……所以，你怎麼可以能不堅強的活著，能輕言放棄？」師傅的手最後重重的落在了我的肩膀上。

我一把抹乾自己的淚水，望著遠方哽咽說道：「師傅……我都知道了。」

「那就很好了，我安心了。」

「那師傅，你的靈魂離去以後會去哪兒？還是魂飛魄散嗎？」如果真的是這樣，我絕對不能接受的，哪怕逆天我也要強留師傅。

「那不會的……可是去哪兒，我卻是不知道了。但不管去哪兒，如果前方還有路，還有可去的地方，就叫做希望。」

夜風徐徐吹來……希望嗎？

而師傅則繼續說道：「如果有希望……那你到最後，就應該為我高興。」

第一百七十章　開始

我應該為師傅而高興……可是，卻為自己的情感而悲傷。

師傅不會魂飛魄散，就是最好的結局。雖然我不肯定在這個世間是否真的每個人都有輪迴，就像我和道童子的前世今生不能作為一種普遍的依據來證明輪迴的存在。

我也不知道是否有什麼陰曹地府或天國仙境的，但我總是相信，世間的靈魂總會有一個容身之地，有一個用天道劃分的不同等級，或是昇華，或是徹底的毀滅。

師傅的一生我瞭解的很多，我覺得師傅應該可以在新的路程得到更大的希望。

在這世間，很多人相信好人不長命而禍害遺千年，而對於這個，一般正道修者的看法都是嗤之以鼻的，因為如果人生是一部長長的電影，只看十分鐘，能叫結局嗎？

在這個世間，我堅信每個人都是在經歷輪迴錘煉，是一場真正的對心靈優勝劣汰的比賽，無論是佛家和道家，都從不只看今生，執著於今生……因為因果糾纏的那麼深，就算神仙也不能洞悉每一絲因果。

你不能確定壞人今生的福分是不是在消耗他前生的所有福氣……然後萬劫不復。

你也不能確定好人今生的磨難，是不是老天給的一次次考驗，以成全他的昇華？古人都明白這個道理，天降大任於斯人也，必先……

這些道理我都明白很多很多，真的，我該為師傅而高興的，但是顫抖的身體說明悲傷的情感絕對佔據了心靈的全部。

感情就是人世間最大的苦……這句話，我終於咀嚼出了滋味。

「承一，別難過了，和師傅一起看一次日出吧，也許這就是今生不再的事情。雖然我說得也有一些傷感，可你還記得當年我和你說的一句話嗎？思而不能得，念而不能為，是苦，可是有緣的人，或許就在下一個路口等著你，還會陪你走一段路。只要緣分不盡，人就不散，不管前世今生，還是來世。這路很長很長啊……」師傅的話響徹在了耳邊，他放下了身上背著的一個包，從裡面掏出一個炭爐來。

溫暖的火光亮起，熱氣漸漸消融了我的指尖的冰凍，也不知道是因為師傅的話，還是這一個小小的炭火爐，我內心的傷悲總算消融了一點兒。其實我也明白，人總是要面臨分別，我要在乎的不是時間的長短，而是相處的每一分溫暖。

我已經擁有了很多。今夜師傅的話很多，從我小的時候，一直講到他自己小的時候，不管是開心的回憶還是苦難的記憶，在經歷過了以後這般講出，都可以帶著一些調侃和經歷過的心安。

我的淚水漸漸停下，臉上也慢慢有了笑容，也開始和師傅談天說地，在溫暖的火光下，時光彷彿一再的穿越，師傅變成了二十幾年前的他，而我又變成了那個年少的陳承一。

而周圍的背景好像也在模糊，一點點的透明，帶著我們好像走過了千山萬水，回來了魂牽夢繞的竹林小築，我彷彿聞到了竹葉的氣味，聽到了竹林的沙沙聲，那潺潺的水流讓人內心安寧。

「師傅，我覺得我好像回到了竹林小築……」此時，天際的盡頭，已經開始出現了絲絲美麗至極的紅，讓人心醉，不知不覺我和師傅已經講了一夜。

「是嗎？心若在那裡，人其實也就在那裡，閉上眼睛，便是心中的所在，所以也無所謂人在漂泊了。」師傅哈哈一笑，聲音中透出無限的爽朗。

此時，一輪紅日終於從那邊山際的盡頭一躍而出，帶著揉碎的金光，灑向了整個大地，也落在了我和師傅的眼裡。

「又是一個日出啦。」師傅站了起來，風小了，炭火爐的火光也漸漸微弱，直至不見，只剩下了裊裊的輕煙。

在輕煙之中，我想對師傅笑一下，卻在此時，一個充滿了內疚的聲音忽然在靈魂深處響起：「陳承一，很抱歉，我一直在努力的壓制，想讓你和師傅多待一會兒，但是我盡力了。」

道童子……我的嘴角湧起了一絲苦澀，接著我感覺自己的意志開始變得模糊，就像是另外一個人佔據了我的大腦，無數紛亂的記憶開始和我融合，我變得有些不清醒了，甚至有些搞不懂我是誰？

師傅的身影還籠罩在輕煙中，卻好像離我越來越遠，可我始終記得，他是姜立淳，是我的師傅，是我內心最大的支柱。

「陳承一，等你完全的融合了我的記憶，屬於你自己的意志也就會越變越淡，你會以為你是我，用我的方法來處事，用我的眼光來看這個世界，到那個時候，你的意志也就……很抱歉，其實在你我之間，我也根本分不出來到底誰的意志更好，只是聽天由命。不過，我也希望你不要放棄，你師傅的話我也有聽見，對的就是對的，錯的就是錯的……」道童子在斷斷續續的和我溝通著什麼。

到這一次爆發，我們再不可能很奇異的像多重人格一般，一個身體裡住著兩個人，還能對話這個樣子了，我就像道童子所說的，將要徹底的沉淪，然後慢慢的消融，就好像冬天的雪人。

我不放棄，但我要怎麼樣不放棄？我心中沒有答案，在此刻，我卻在道童子所在主導的情況下，一下子抬起了手臂，我想抓住師傅，就如同抓住最溫暖的依靠。

「承一……」師傅一下子回過頭來，看見了半抬起手臂，卻是僵硬在原地不動的我。

我能感受到道童子看向師傅的目光中充滿了愧疚，我又是多麼想再叫一句師傅，眼中又充滿了悲傷……

師傅上前一步，一下子握住了我的手，他的手一開始在顫抖，但接著卻變得異常堅定，他只是對我說了一句話：「承一，我等你回來照顧我，別人我不要，只要你……因為你是我徒弟！我相信你會回來，而且不會太久。」

「姜師傅，抱歉……」道童子充滿愧疚的開口，卻不知道在這一刻我的意志一下子沖天而上，緊緊的握住了師傅的手，看著師傅，一滴淚水從腮邊滑落，有時候某一種相信何嘗又不是負擔？

我終於低聲叫了一句：「師……師傅……」卻在下一刻，我和道童子的靈魂同時感受到了某一種痛苦，簡直直入心底，直接撞擊靈魂……我們共同的身體一下子感受到了劇烈的頭痛，我們同時選擇了捂著頭，開始撕心裂肺的大叫。

接著，世界開始慢慢變得黑暗，金色的初日慢慢消失，師傅擔心卻又平靜的臉，是我看見的最後一個影像，接著，劇痛讓我和道童子都陷入了昏迷。

只是在模糊間，我聽見師傅對我說：「來，承一，師傅背你下山。」

下山嗎？如此陡峭的山勢……他背著我下去嗎？

時間開始沒有了概念，在無限的沉淪中，我在不停的找尋自己，我不知道自己的出生，只知道我是在一個飄著大雪的夜，餓到了極點昏迷以後，被一個在這裡也被膜拜的上人救了的。

沒有什麼地方是真正的仙境，或許有，但至少這裡不是，我只是知道這裡或許比起很多地方更接近天道，更充滿了機會，是很多世的福分才能讓人走到這裡。

可是，我的出生有什麼福分，不知父母，一樣挨餓，這裡真的就是很多人要嚮往的地方？來到上人的道觀那麼久，我還是會常常思考這個問題，我不是沒有問過上人，但是他總是要我自己尋找答案，而他卻笑而不答。

只是有一次他告訴我，道的盡頭就是仙境，走到了盡頭，也就可以走出來了，你懂嗎？如果你要的仙境是絕對的公平，那投身於大道你就可以看見一切不公平背後的公平。

上人的話總是那麼高深難測，卻是在那時，在我心中種下了那麼一顆道種。我想走到那道的盡頭去看一看，我想看看究竟是什麼地方，才有不公平背後的絕對公平……

儘管小時候挨餓的經歷，在我靈魂深處種下了那麼深的影子，讓我對食物有一種近乎崇拜的情節，但覺得我終究會擺脫。

「既然道心堅定，一心承道，不若你的道號就叫承道吧。」

是的，我叫承道……是我的道號，也是我這個無名無姓的孤兒從此以後的名字！

承道？不……我叫陳承一！

內心忽然傳來強烈的掙扎，我好像有很多的往事，很雜亂，頭很痛，我不想再想了，我掙扎著，一下子醒來。

這裡是一個簡陋的土洞，我就躺在地上，一切都好像有些陌生，我在哪兒？我只能去想這個問題，至於我是誰這個問題則暫時放下了！

「昏迷了三天，你終於醒來了，掌門？」一個有些蒼老冰冷的聲音在我耳邊響起。

我轉頭一看，是一個老者，身上的白袍子已經髒得有些看不出顏色，但是我對於他卻不陌生，我見過……

我沒有急著去想他是誰，而是下意識的問：「我昏迷了那麼久？」

「就時間來說不久，就情況來說很久。隨著雪山一脈權杖的發出，在真正的大戰之前，各方的小碰撞已經開始了，你的時間不多了。」

第一百七十一章 根基

我的時間不多了？靜靜的看著來人，在凌亂的記憶中我知道了他是誰，是在我接任雪山一脈掌門之前，雪山一脈的真正掌門人。

這個老者的實力深不可測，在他一步步朝著我行來的時候，我心中就已經對他的實力有了一個判斷。

面對時間不多這種說法，我的表現很淡定，在昏迷後醒來，我大概想了起來之前發生了什麼，在雪山一脈權杖既出的情況下，六天的時間，不在外界的修者圈子裡翻起波濤，那才是不正常！

原本以楊晟為首的四大勢力很是強勢，在四大勢力的背後，未必就沒有支持老李一脈的人，只是圈子裡複雜，有時候有的正道門派已經走入了歧途，把道統的傳承看得比天下正道都重要，難免會選擇明哲保身。

至於還有的勢力可能倒也看得明白，就算不顧道統，也掀不起什麼浪花，那倒不如低調的觀察，免得自己微末的力量也在這狂潮中被覆滅。

如今雪山一脈發出了權杖，倒是一個訊號，就像有人能把各懷心思的四大勢力整合，那麼正道一定也有強勢的力量能把正道整合，雪山一脈，顯然符合這個條件，說清楚點兒，這個訊號就是一個態度，除了讓一直支持老李一脈的勢力，終於有了一個理直氣壯的依賴，另外就是讓那些或是中立，或是早已等待的勢力選邊了，覆巢之下豈有完卵？

這種大勢力之間動手的事情，是不容許任何明面上的勢力坐山觀虎鬥的，正道放心，邪道也不會放心，總之只能選擇一方，繼續前行，說不定到最後既是劫難，也是機會……

所以，在兩個巨頭沒有正式碰撞以前，那些站好隊的勢力之間就已經開始碰撞了，這就是投名狀，一個表達自己態度和站隊的投名狀。

至於為什麼已經是六天以後了？這個問題我感覺有一些迷糊，從地下洞穴中出來，大概知道我昏迷了三天，那麼昏迷之前的三天我在做什麼呢？

我的記憶力一向超絕，這是因為在那個被很多人所渴望的世界裡，我的靈覺也是出色之極的，否則也不會被上人收在門下，做為他貼身的童子，傳道授業，我為什麼會偏偏想不起那三天？

難道那個已經沉淪的意志還有不對我敞開的記憶？或者說，我讓他不要放棄，他就真的在堅持？可為什麼我感覺不到他的存在？那個叫陳承一的傢伙，讓我捉摸不透，有時有些傻乎乎的傢伙。

「沒想到道童子的思路那麼清晰，如果是我肯定會想不到。」就在我想著那個陳承一到哪裡去的時候，我的心中忽然冒出了這樣一個想法，在那一瞬間我有些混亂了，我到底是哪個我，或者應該說哪個是我？

但是在這一刻，那個走向我的雪山一脈老掌門已經站在了我的面前，他的目光彷彿是有穿透力一般的看著我，忽然開口說道：「掌門，你好像有一些不一樣了。」

他的聲音打斷了我混亂的思路，在那一瞬間，混亂的意志平息了下去，我輕輕的歎息了一聲，陳承一原來是還在的，但到底弱了一點兒，在這種記憶融合的過程中，難免也會出現意志的混亂，就算被動的，意志也會反抗。

陳承一，你真的是被動的反抗，還是說一直保持著清明，只是在這種時候不願意出現任何的岔子，所以選擇沉默？

我微微皺眉，然後對著那個雪山一脈的老掌門行了個禮，接著才說道：「我這邊是出了一些狀況，但是不會影響我一直所堅持的事情。現在一切暫且不提，我的實力是真的弱了一些，很多東西發揮不出來，我是想……」

「這剩下的日子裡，我就是你的導師，不能算是師傅，但也可以和你相互印證術法。另外，雪山一脈的資源完全對你敞開，你儘量的提升自己吧。」讓我沒有想到的是，雪山一脈的老掌門目光非常淡然，根本沒有過多的詢問我這個混亂的狀況，而只是這樣簡單的說明了一下。

「那就再好不過了。勞煩老掌門了。」我的心中一片平靜，能夠得到實力的提升自然是我最渴望的事情，其實我的心中冰冷，生死早已不再看重，但那個傢伙遺留的心願太多，他即是我，我不能不好好去做。

即便我知道就算這具身體死亡也不能讓他得到解脫，因為靈魂在沒有破滅的情況下，就是永恆的能量，在障壁破碎以後，始終會有一道意志被湮滅，才會符合天道。

如果可以，希望你儘量的強勢一些，讓我能夠看見這一世我再次存在的意義，讓我原本迷惘的心中更加清楚，我到底錯在哪兒？

說起錯，我忽然想起了在我的意志自我壓制之前，看見的那個身影，陌生的臉和陌生的氣質……我卻在她身上找到了魏朝雨的靈魂氣息，可是她的情緒雖然波動激烈，卻完全與我無關，只是關於陳承一。

她沒有認出我來，即便我的意志已經出現，而她肯定也沒有想起前世的任何事，因為在她身上除了熟悉的靈魂氣息，再也沒有任何的熟悉。

我很想知道她和陳承一所有的過往，那片記憶我始終不曾觸碰，卻莫名的因為想起魏朝雨，我的心中一痛，到底還是沒有去觸碰。在大戰當前的時候，想起過往的恩怨糾纏，又有什麼意義呢？

等我回過神的時候，發現老掌門已經朝著這個泥土洞穴的再深處走去，這才發現我所在的這個洞穴是一間大屋的樣子，只是保持了土石的原貌，沒有任何的鋪陳裝飾，我雖然是躺在地上，可好歹我所躺的地方，也還整理得非常平整，而在這個大洞穴的深處，還有一條支路，老掌門就朝著這條支路在前行。

「我這是在哪裡？」跟在他的身後，我輕聲的開口了。

「雪山一脈之巔，你之前看我出來的那個洞穴。」老掌門倒也直接。

「那我們現在要去哪裡？」在這個時候，我才發現我所處的位置到處充滿了靈氣，只不過我曾經的所在，就算普通的村莊都是如此，所以我不曾在意。看來我還是沒有適應用他的目光來看待這一切。

「真正雪山一脈最好的修行之地。」老掌門這樣回答我，說話間，已經帶我走到了一扇鐵門前。

鐵門很古樸，卻簡單的沒有任何的裝飾，老掌門走到這裡停住了，既沒有伸手推門，也沒有任何的動作，只是在沉吟了一聲之後，轉身看著我說道：「比起之前，你顯得鎮定淡然，有一種任由波濤拍岸，我自巍然不動的氣勢，只不過這氣勢很虛，因為你沒有根基，一旦倒塌就會粉碎。其實這樣的你，無論從哪個方面來說，都更加適合成為雪山一脈的掌門，但就我私人來說，我……更喜歡之前的你。」

我的神色非常淡然，對於別人更喜歡誰，這種問題根本影響不了我，但我的內心卻不平靜，這顆讓我在心湖蕩起層層漣漪的石子兒，無疑就是那一句話，因為我沒有根基。

這樣的話太熟悉了，那一年，大雪覆蓋了我的山門，上人難得出關，忽然帶我賞雪，可是雪景於我，也只不過是世間浮雲，我恭敬的跟在上人身後，卻並不投身於雪景。

在我的理解裡，天道既然是一道道絕對公平，不容更改的規則意志，那麼就應該站在一個脫離的角度，去看待任何的一切，我在尋道的過程中，就應該一層層去剝離七情六欲，最後化身於規則，才能真正的接近大道，走到這路的盡頭，所以我根本不可能去賞雪，我以為這只是上人對我的考驗。

卻不想上人終究是察覺到了跟在他身後的我其實心不在焉，於是他歎息了一聲，對我說了那麼一句話：「承道，你看似道心堅定，實則沒有根基。沒根基之物，就算是一座大山壓在地面上，也沒有山根深入大地，只怕一點劫難，就會萬劫不復。因為山太大，越是強大，倒塌的時候越是驚天動地，不可挽回。」

如今，在這個陌生的世界裡，竟然有一位老掌門對我說出了同樣的話，這到底是什麼意思？

我不是一個覺得自己能知曉天下的人，而上人也曾經說過不恥下問……所以，我上前一步，追問了一句：「根基到底是什麼？」

那個老掌門卻沒有回頭，只是一把推開了身前的大門，然後在撲面而來的靈氣當中，對我說了一句：「根基就是一顆透明心，不是生來就透明的心，而是在淤泥中滾過一趟，沖刷掉一切以後，依舊透明的心。」

第一百七十二章　蓄勢待發

淤泥中滾過一次，依舊透明的心？

聽到老掌門的解釋，我的眉頭微皺，我不能理解這句話背後的深意，因為在我的理解裡，最為通透的心是初生之心，小小的孩子最是純潔無瑕，而長大之後，各種因果、事故、情感纏身，要一一斬去，才能回歸那個時候的無瑕之心。

在此基礎上，多了自己的思考和對事物的判斷能力，那才是修者該有的一顆完美之心，至於什麼淤泥之中滾過，那個太刻意了。

可是，我來這裡自然不是與老掌門談道，各人心中道不同，也不需要爭辯什麼，所以看著老掌門走入門後的背影，我沉默了。

「進來吧。」老掌門轉身對我說道。

我朝著漆黑的大門內看了一眼，也就走了進去，而一進去之後，老掌門就點亮了洞穴中唯一的一盞油燈，而我感覺到了澎湃的靈氣，這種感覺讓我很恍惚，也很熟悉……就像回到了我那個時候的山門。

我沒想到在這個世界上竟然也有這種地方存在，但比起我以前所在世界的廣闊，這個小小的洞穴就顯得太過狹小了。

只是一個不到十平方米的洞穴，在牆上全是一塊塊的原石，這些石頭之中應該有美玉的存在，我一眼就看了出來。玉這種東西善於「貯藏」氣場和磁場，在這裡以原石的形態存在，倒也合理，是一種充滿了良性迴圈的佈置。

然後在這些凹凸不平的原石之下，有一個大大的書架，上面的藏書不多，但都充滿了古樸的意味，我在上面甚至看見了竹簡，通過陳承一的記憶，我知道竹簡是這個世界上很古老的一種記載工具，沒想到在這裡還有保存。

「在這裡，都是一些道家功法和各類雜項的典籍，是我雪山一脈全部的收藏。你在地下洞穴的表現我看過，對道術的運用到了一個極高的高度，完全超出了年輕一輩的範疇，但生澀還是有的。這些典籍對你有幫助，我想以你的能力，理解起來應該不難吧？」老掌門這樣對我說道。

我沉默不語，只是走到書架前，小心的拿起了一本典籍，翻看了起來。

老掌門歎息了一聲，說道：「你本就不是他，看來是我多慮了。可是，同一個靈魂產生的意志，從根源上來說是相同的，我只希望這天大的難題出於這一點，可以找到一個解決的方式。」

我輕輕的闔上了手中的典籍，對於這種古老的傳承，即便被保護得很好，我依舊要小心拿放，以免造成損害。無論如何，費盡心力的傳承是值得珍惜和珍重的。

「你知道一些什麼？」我放下了手中的古籍，只是淡淡的詢問了一句，畢竟我和陳承一的這個狀況是個祕密，除了陳承一的師傅知道，外人應該不知道才是。

但他如果不給我答案，我也不在意，事情怎麼樣都是隨緣，我並不在乎外人有什麼看法，如果他藉此要將我逐出雪山一脈，但我答應陳承一該完成的事情，我依舊會去完成。

「我並不知道太多，只是憑著靈覺，感覺眼前的陳承一，並不是陳承一，而靈魂氣息沒有變，出問題的就應該是靈魂意志了，這種情況非常罕見，但並不是沒有。不過我不願意深究什麼……」老掌門看了我一眼，非常坦然的就說出了他的判斷。

「為什麼不願意深究？」我只是追問了一句，畢竟靈魂意志是靈魂的核心，靈魂意志改變了，可以說從根本上就改變了一個人，老掌門竟然不追究？

「通過種種緣分，你已確定為我雪山一脈的掌門人，不管你是誰，祖訓並沒有提及通過考驗的人會被驅逐，任何情況都不可能，你依舊是雪山一脈的掌門。而我個人的喜好不代表什麼。」老掌門回應得也很直接。

「哦？其實我是很想知道，為什麼你會喜歡陳承一多一些？」我原本對什麼都沒有多大的好奇心，只是這些日子，無奈的和陳承一同處一個身體，感受到了和以前人生完全不同的生活經歷。

我的後世就是為前世應劫而來，可以說關於陳承一的命運的每一種安排都充滿了深意，我卻完全不能理解，只是，有時會不贊同陳承一處事的方式，法則無情，如同事情的結果，就是既定……那麼為了最好的結果，為了大局大義，一些細枝末節的東西根本就不需要去在意。

我非常贊同那一句話，有時微末的仁慈，就是最大的殘忍。

「因為陳承一的身上充滿了人味兒，而你太過於高高在上。在我心中，不管是什麼參天大樹，始終都紮根於地上，就如每一個神仙，也來自於凡人一般。」老掌門只是看了我一眼，淡淡的這麼說了一句。

我們陷入了短時間的沉默，我在思考他的話，而他在沉默了一陣子之後，就說道：「既然雪山一脈完全對你完全敞開，你也無須客氣，這裡就是雪山一脈最好的修行之地，還有最祕密的典籍……你還需要什麼，都可以儘管開口，在藥材方面我們也會盡最大的力量為你提供。不用在意，這只是本分，因為你是掌門。」

說完這句話以後，他說了之後可以找他的方式就離去了，原來他也在這個大洞穴中修煉，只是在洞穴中唯一的這個充滿靈氣的小洞穴，只有我夠資格在其中修煉，他也不能進入其中。

看來雪山一脈的規則很嚴格，我卻並不是太在意，有這個洞穴當然好，沒有也無所謂，我在仔細回憶著自己記憶中可以快速提高實力的辦法，只要有雪山一脈的資源支撐，速度也不會慢。

只是怕在這個世界，恐怕沒有那麼好的條件，這是很相似的世界，但畢竟也還是不同的。

我甚至不清楚我以前究竟在何方，這裡確切的又是哪裡？畢竟按照陳承一的眼界來說，他也不可能給我一個具體的答案，也許在他豐富的回憶中有一些疑點，可是我卻不想一一去記起。

我怕到最後，記憶完全融合了以後，不僅陳承一消失了，我也變得不純粹是我了，我情願就按照天道你死我活的消失，也不想要做人都不純粹……

洞穴中除了這一架子書還有一個蒲團外，就什麼也沒有了……最簡陋的條件，卻也是雪山一脈最奢侈的條件。

其實，我很滿意這裡的條件，當下也不再多想，而是進入了苦修之中。好像在陳承一的記憶中，這樣純粹的苦修，根本就沒有多少的日子，就算有，也沒有這樣的條件，可能這也是限制他的原因之一吧。

修行無歲月，在這個洞穴之中，我的日子就這樣一天天過來了，我並不會覺得寂寞和無聊，反而覺得得到了一個最好的環境，可以讓我沉迷的進入修煉當中，心無旁騖。

不過面對我這種情況，那個時不時會給我送一些東西過來的老掌門，只是這麼評價了一句，「任何的沉迷都是偏激，就算沉迷於修煉和道，也是一種沉迷。而一日沉迷，就難以清醒的看透本質，希望你注意。」

這話我並沒有太在意，只因為，我認為這只是表面上的道理，實際上，道就是道，沉迷其中，理解了道，己身就為道，有什麼錯誤的呢？

好在他也不與我辯解一些什麼。

除了他以外，常常來找我的還有那個秋長老，而他卻是為我帶來外界資訊的人，天下已經開始亂了，以楊晟為首的勢力，和以雪山一脈為首的勢力開始各種的碰撞。

這種碰撞不只包括「動武」的摩擦，還有彼此的刺探，相互的收集資訊，甚至安插間諜之類的，所以各種消息也不斷的浮出水面，這些消息都一一的被整理好了，送到我這裡來。

修者的圈子並不比外面世界的各種圈子「單純」，只要有人的地方就有爭鬥，這好像已經是亙古不變的真理，快成天道法則中的一項了，可是天道法則的本質最難看清，就如你知道的真理，不一定就是真正的本質的天道法則，所以我也不能亂加判斷。

通過各種收集的資訊來看，事情好像很複雜，看透了，本質又很簡單，楊晟掌握了一種可以「逆天」的力量，而這種力量不是單獨唯一的，所以，他擁有了勢力的幫助，在這背後還有一個神祕的影子。

我對於這些並不是太在意，只是那一些傷亡的數字難免觸目驚心，因為到了這個時候，彼此之間的碰撞已經不是小碰撞了，最大規模的一次動武，甚至驚動了整個世界修者圈子那一部分關聯到政府的力量，然後給努力壓了下去。

在這個時候，一切都如同繃緊的弦，大時代的揭幕之戰快了吧？

此時，我已經修煉了整整二十天，如非必要不會離開這個小洞穴，而大洞穴的範圍，我是一步也沒有踏出。

第一百七十三章 死亡名冊

在這洞穴中我幾乎快忘記了陽光的感覺，只是二十天的樣子，再一次來到我身邊給我說明外界情況的秋長老，就忍不住輕歎了一聲，告訴我，我的臉色好像蒼白得有一些可怕。

「掌門，雖然情況緊迫，你也是加緊修煉，但今天你要不要出去走走？」在說話的時候，秋長老放下了手中的一個盤子，上面只是很簡單的幾個燉盅，裡面是用各種珍貴的藥材配合食材熬煮出來的老湯。

另外還有一些藥粉藥丸，都是根據我提供的方子，配合雪山一脈能拿出來的資源所配製而成的。

在前些天，我拿出這些方子的時候，曾經在雪山一脈引起了一場轟動，特別是修醫字脈的修者更加瘋狂，這對於他們來說，幾乎是已經失傳的上古單方，卻被我這樣輕易拿出，總是讓人非常疑惑。

但這場瘋狂卻是被老掌門強行的壓制下去了，他只是給出簡單的一句話：「非常時期，動用的是雪山一脈原本所珍藏的單方，所用之藥材也已讓雪山一脈傷筋動骨，還有單方，但所需的藥材近乎絕跡，也不能找到替代品，你們可還是要嚷著研究單方？如今情況已經是如此緊迫，每個人肩上都肩負有不小的責任，一切事宜都等大戰之後再說罷。」

其實老掌門說的幾乎就是實話了，除了那單方是由我提供以外，看起來我在雪山一脈雖為最高的掌門，實際上還少了一些掌門的威嚴。

這般事情，如果是陳承一必然不會在意，放在我身上，我卻是在意的，我對權勢無感，我只是應承了陳承一這一場大戰，就必然的要去考慮各個方面，在以前的相處中，我總是覺得他想太多。

如今看來，我是否也是一個想太多的人？我越加發現這一段來世的經歷，讓我好像發現了一個完全不一樣的自己。

「掌門？」我陷入了自己的沉思中，久久沒有回答秋長老的話，秋長老忍不住開口催促了我一聲。

我下意識的摸了一下自己的臉，蒼白得可怕嗎？如果那傢伙「回來了」，發現我把他變成了一個小白臉，會不會發飆？那傢伙自然說的是陳承一，我和他一個身體，自然瞭解他的想法，他是很介意這個的，雖然他回來的可能性很小。

這樣想著，我拿起了一個燉盅，開始喝著裡面的湯水，對著秋長老淡淡的說了一句：「也好。」

而在我內心不願意承認的是，我怎麼開始關注如此的小事？白一些，黑一些這種事情對於我來說根本不值一提，只有那陳承一……

想到這個的時候，我已經喝完了手中的一盅燉湯，放下了燉盅，表面上波瀾不驚，內心卻是疑惑萬分，不是只有那陳承一才會這般想嗎？為什麼我的想法越來越像他？

或許到最後，他的意志就算消失，也多少會對我引發一些改變吧？

這也是再自然不過的事情，只是不知道這樣的改變是好還是不好？我也想不出來一個答案，在靜默的思考中，托盤上的東西已經被我吃完，在修煉當中，我每日也就只是吃些這種東西。

「走吧。」我對秋長老說了一句，走出了我所在的小洞穴，繞了一個彎，然後從另外一條路，朝著洞穴的更深處走出。

就像雪山一脈的結構，是依照山勢而建，斜著向上……這個最高處的洞穴也是如此。

我沒有想到，在洞穴的土路走到盡頭的時候，還有一排向上的青石階梯。

我從來不認為有毫無其意義的建築，所以看到這排階梯就忍不住會想，這難道是秋長老藉著讓我看看陽光的由頭，又要向我展示雪山一脈更深的祕密？

這樣想著，我忍不住問了秋長老一句：「這階梯之上，可是有一處祕地？」難不成還有地下洞穴那樣的存在？

就算我不是來自於這個世界，那個地下洞穴的存在也讓我震驚不已，我所在的地方似乎和這裡有著同樣的傳說，儘管我還沒有具體的考證過細節，但通過陳承一的記憶大概也能確定一些。

所以，我才會為地下洞穴的那些存在而震驚，這簡直是一個驚天大祕，就連我也無法想像，地下洞穴所囚禁的一些東西一旦脫困，將是怎麼樣的一個局面？

這雪山一脈怎麼會如此大膽？囚禁這些傳說中的所在在地下洞穴？行走在其中時，除了那個不知道地下多深的聲音主人外，我也分明感受到了另外一些讓人驚心動魄的氣息，其實我更加震驚的是，在那地下洞穴中如果有我想像的存在，那麼在我原本的世界也是傳說級的……

「掌門上去看看便知道了。」我想著心事，秋長老走在我的身後，對於我的問題，他回答得很快也很自然。

還賣關子？我輕輕一揚眉……所幸這個階梯不長，很快就到了盡頭，在盡頭處是一扇木門，或許因為年深日久已經有些腐朽，也不知道哪裡來的風，吹得它有些微微的搖動。

我的手放在木門的門閂上，有些疑惑的看了一眼秋長老，他笑看著我，那意思就是示意我打開來看看。

我疑惑的轉頭，然後帶著一些小心的打開了那扇木門，一陣剛猛的勁風一下子吹得我衣襟飄動，頭髮飛舞……原來在這木門之後，除了一個延伸出去的小小平臺，什麼都沒有。

我忍不住瞇起了眼睛，在適應了接近山巔的勁風（掌門所在洞穴，就已經接近山巔）之後，我看見了那溫暖而耀眼的陽光，那麼的讓人嚮往，讓我不知不覺就走上了這個平臺。

平臺所在的位置很高，下方是那幽深的懸崖，淡淡的薄霧翻滾，悠遠之處，是連綿不斷的雪山山脈，也能看見茫茫的草原和時不時出現的清澈海子（高原上的湖泊），抬頭處，天際彷若就在頭頂，伸手……陽光從指縫中透出，彷彿手也在觸摸著太陽。

只不過如此接近天地的地方，卻也更加的讓人感覺人的渺小。在風中，我忍不住轉頭望向已經站到我身旁的秋長老，問道：「為什麼會有這樣的所在？」

「這是雪山先祖刻意留下的平臺，無他，只為感應天地，三省自身而已。」秋長老在我身邊平靜的說道。

「帶我來這裡，是有什麼意思嗎？」我問了一句。

「掌門，比起之前在洞穴之外的你，我覺得你變了，沉穩而冷淡，連來找你的朋友都不見，能感覺你很強烈的目的性，我怕你迷失。」秋長老的神情有一些惶恐，但還是堅定的說出了這句話。

我站在風中沉默，難道我與他就那麼不同？為何不論在老掌門還是秋長老的眼中，要迷失的都是我呢？

我沒有說話，秋長老也沒有再就這個問題繼續下去。帶我來這裡的目的，他沒說穿其實我也明白，不過是讓我反省自身，只不過我還不知道何從做起。

也在這時，秋長老從懷中掏出了一張冊子，輕輕的遞給了我，對我說道：「掌門，這日子不遠了。」

什麼日子不遠了？我有些疑惑的接過了秋長老遞過來的冊子，翻開，上面什麼也沒有記述，只是整齊的寫著一個個的人名，在小小的冊子中，看起來頗有一些密密麻麻的感覺。

「這是？」我翻著冊子，看了一眼秋長老。

「掌門你也知道，戰鬥早就開始了，這些名字就是我道犧牲的修者……」秋長老的語氣開始有些沉重起來。

原本我對生死看得很淡，如果死得其所，甚至是衛道而死，是一件值得高興，而不是悲傷的事情，卻不知道為什麼，在風吹過的時候，我的心中也湧起一股悲涼的感覺，手中的冊子一下子重若千斤。

「這只是一份死亡名冊，具體在何處因何而死，雪山一脈還有更詳細的記載，他們都是這場戰鬥中的英雄，但這樣的碰撞也就快結束了，因為到了臨界點了。不管是我們還是楊晟，都不能去觸碰這個臨界點。」秋長老認真的說道。

臨界點？我揚眉……看著秋長老，有些不解這是什麼意思？

第一百七十四章　大戰將定

秋長老的神情倒沒有多大的變化，只是對我說道：「掌門，你還年輕，對於修者世界的祕辛所知甚少，也是正常。你可知道修者世界有三大鐵則？」

我沉吟著，從陳承一的記憶裡，也大概知道一些修者世界的忌諱，但具體是什麼三大鐵則，我卻是不知道，所以也就搖搖了頭。

「第一，就是不能去謀害修者的普通家人。雖然不是所有的修者都有世俗的家人，但人也不能是從石頭裡蹦出來的，所以大部分的修者雖然已經避世，但多少也有親人在這世間。若是為了打擊報復，妄動修者的家人，說到底就有些欺負人了，牽扯也是甚多，所以這第一是修者圈子裡共認的鐵則，是所有修者都默認的，是人定的規則。」秋長老對著我娓娓道來。

對於這一點，我點了點頭。其實這個規則不只是這裡，就算是我所在的世界也是這樣，甚至更為嚴厲一些，那就是一入山門便要斷掉和世間親人的牽扯，因為從某種意義上來說，已經屬於不同的世界，修者的世界對普通人的世界，影響不見得是正面的，有些揠苗助長的意思了。

而第一條鐵則，我甚至絲毫不會懷疑它的「威力」，在陳承一的記憶中，就連楊晟這樣癲狂的人都不敢明目張膽的那麼做，要小心翼翼的行事，還試圖要抹除證據，可見這條規則的鐵血性。

而秋長老繼續說道：「第二條鐵則，說起來很簡單，但事實上包含的也太多，這個界限不好去界定，因此有很多修者犯忌，那就是修者圈子裡的事情不能牽扯到普通人的世界裡。」

「這很好理解，如何會犯忌？」我忍不住追問了一句。

「因為這條規則，同第三條規則一樣，都不是像第一條規則那樣，是由無論正邪所有的修者認定的規則，而是圈子之外的力量決定的。」秋長老這樣說道。

圈子之外的力量？我輕輕皺眉，好像抓住了一些什麼。

其實這一條規則確實是無處不在的，的確再大的事情也不敢牽涉普通人，就連在祖巫十八寨的鎮子中，楊晟的勢力也不敢妄動普通人的性命，要用各種各樣的方式來達到他們的目的。

但那一次他們雖說是尋找血脈，但到底是為了什麼，我卻不是很清楚，這個可能要最終和楊晟的一戰，才能得到一些答案吧？

對普通人肆無忌憚的，從來都不是修者，就比如厲鬼啊妖魔啊什麼的，但仔細一想，也就如秋長老所說這條規則很難界定，就好比黑岩苗寨的做法，他們確實影響了不少普通人，但他們又把普通人幾乎給隔絕了，用隱祕的方式取人壽命。

而很多邪修也是如此，他們的行事隱祕，只要不在普通人的世界裡掀起波瀾，好像就……

「是不是理解了？」秋長老看著我說道。

我點點頭，似乎有一些理解了。

「總之，這第二條似乎無規律可尋找，但卻有一條很明顯的規律被大家所確認，就是修者圈子裡的事情只要不在普通人的世界裡造成一定的影響，讓世俗之人都開始議論，就一般能躲過這條鐵則。反之，則必然大禍臨頭。」秋長老的神色非常鄭重，看得我也跟著鄭重了起來，心中也莫名的開始對這個世界的一些神祕敬畏起來。

「這大禍是如何臨頭？既然不是修者圈子裡的力量，普通人的世界顯然也無法對修者圈子造成太大的影響，那麼這力量是天道嗎？」我認真的問了一句。

「天道的力量神祕莫測，因果糾纏計算哪有那麼簡單？就好比正和邪，人們常會問，天道的規則既然是正的規則，為何會允許邪的存在？這個問題，我想你心中也有答案，那就是這些邪是由生命的心而來的。天道只能用規則讓其錘煉，而不能剪除，天道不能干涉的就是人心，只能定下規則，讓人去選擇。所以歸根結底，天道就是規則，當違背了規則，自然會有後果，但這修者圈子不能影響普通人世界的鐵則顯然是……」秋長老皺起了眉頭。

我看著他，心中大概能夠明白一些了，但我也只是猜測，具體還是要讓秋長老來說。

「嗯，這樣說吧，因為因果的糾纏太複雜，在這世間，就有著自己的規則，好比天道是一個總則，而世間制定的規則是在總則允許的範圍內，制定的子規則，也是天道運行的一部分。

如果這樣很難理解，就說普通人的世界裡有員警，他們所行的事情不管是否有著各種各樣的毛病，但大方向總是為了剪除惡，一個殺人犯被員警逮捕，然後處以刑罰，也就是天道果報的一種體現。也就是說天道的因果，是大的運行，各種的果報也會通過世間的各種規則體現出現！這樣說到底，世間的主流和規則何嘗又不是天道的體現和影響？為什麼人們不制定保護邪惡的法則呢？你去思考一下這個問題？所以……」秋長老這樣就給我解釋清楚了。

「所以，修者圈子裡也有自己的子規則，也有這樣的執行人，代表的也是天道的規則，你是這個意思？」對，就好比世間的員警！只不過規則不同，但順應的都是天道。

我一下子就理解了，心中也震驚得要命，竟然在修者圈子之上，還有這樣的力量？

我的臉色也變了，儘管我不是陳承一，不是這個世間的人，忍不住大聲追問了一句：

「那這力量會是誰？」

「誰知道呢？只知道是鐵則，觸犯者都已經大難臨頭。通過蛛絲馬跡的線索，我告訴你是神仙，你信嗎？」秋長老苦笑著說了一句。

我一下子就沉默了，心裡卻是非常不平靜，神仙？神仙在這個世界是個什麼概念？我無法給出具體的答案，或許我所在的世界，上人對於他們來說就算是神仙，又或者更高的……他們是如何存在於這個世間？

「你比以前沉穩多了。」看我的反應，秋長老竟然給出了這樣的評價。

是啊，陳承一那傢伙是絕對會一驚一乍的，只是我……忽然發現，我為什麼情緒波動也會那麼大？換成以前真正的我，聽了也不過是平靜，只因為這妨礙不了我對大道的追求，我不會違背天道……既然於我無任何的影響，我為何要關心什麼神仙？萬事萬物皆是平等，不平等的只是一個心靈的高貴，如今，為什麼我還要學那傢伙動不動就好奇無比，動不動就一驚一乍。

這樣想著，我又多出了一些叫做懊惱的情緒，我不太適應這樣的自己，只能把目光放在天地間，來平復自己的心情，過了一會兒，我才徹底的平靜下來，問道：「那麼第三條呢？是不是和這個冊子有關係了？也就是所謂的臨界點？」

「對，就是這樣的意思……這第三條是保護修者的一條鐵則，沒有太具體的規定，但內容卻是修者圈子中的爭鬥，死亡的人數是有限制的。這是為了讓修者在這個世界不至於因為各種的原因而滅絕！這具體的死亡人數是多少，規則上沒有說，具體涉及到的爭鬥，也只是指某一場爭鬥。不管是我們雪山一脈還是楊晟的勢力，幾乎是攪動了整個華夏的修者圈子，甚至還牽扯到華夏以外的修者圈子，不管在這中間發生了多少碰撞，都是屬於同一場爭鬥，而人已經死得太多……」秋長老的語氣中有著歎息。

而我拿著手中的冊子，心中還是壓抑不住那股悲涼，於是詢問了一句：「已經死了多少了？」

「我們這一方，具體的數字是八百六十七人，楊晟那一邊不知道。我要提醒的就是，這種碰撞差不多就是臨界點了，不能再死下去了。所以，我們要面對的只能是最後一場大戰了，不管是我們，還是楊晟都沒得選擇。」秋長老如此地說道。

說完以後，他看著我說道：「掌門，三天以後，就有一個重要的消息可能會傳來，屆時，大戰將定！」

第一百七十五章　戰前

「大戰將定？那雪山一脈盡出？」我下意識的問了這樣一個問題，實際上我想問的是，我的夥伴們和師長們全部都要參加這場大戰嗎？

我來不及去思考為何我想的是我的師長和我的夥伴們？明明那就是陳承一的，只是聽聞這場大戰將定，我下意識的就開始擔心他們，儘管不想承認，儘管也沒有勇氣去見他們，但我必須要說這二十幾天，是我過得分外安心的二十幾天。

在雪山一脈只是潛心的修煉，為即將到來的大戰做準備，在這二十幾天以來，我不用像以往那樣牽掛這個牽掛那個，因為我知道我關心的人和愛的人，都在安全的環境下安然過著，或是平凡的生活，或是潛心的修煉，而如今這場平衡即將要打破了。

「自然不會是雪山一脈盡出，我說過修者死得太多，會觸犯第三條鐵則。到時候我們這一面的勢力，包括雪山一脈在內，都是派出真正的精英，當然你們老李一脈是會全部參戰的，因為你們將是這場戰鬥的關鍵，而圍繞著你們的相干人等也會出戰。」秋長老如是對我說道。

「那像慧根兒、如雪、如月她們啊……都是與我老李一脈相關的，他們又不是這場戰鬥的關鍵，為何他們要出戰？」我忍不住追問了一句。

在這個時候，我分明清楚我就是陳承一，我很清楚我在……很自然的就存在，我的語氣也變得急促起來。

秋長老意味深長的看了我一眼，說道：「掌門，你不見大家，可這個時候我發現你到底是關心大家的啊。」

「我為什麼不該關心？」我輕輕皺眉，在這個時候我和道童子的意志是混亂的，一時間連我也分不清楚我到底該是誰？

「當然是該關心，之前我還擔心你這段日子的狀態……掌門，難道你不明白，這也是大時代的開啟之戰嗎？誰也不知道大時代將會發生什麼，但是根據雪山一脈主持通天盤的幾位長老推算，大時代是一代新血換舊血的時代，這個時代需要英雄，也需要中流砥柱，你們這一群相干的人等，躍然而出，是與大時代脫不了干係的。這場大戰之中，你們的任何人都無法逃避，而且避開大戰是……」秋長老說到這裡，神情有些沉重。

「是什麼？」我有些不解的皺起眉頭，說實話，我從來不認為自己是一個英雄，我到底還是有私心，如果可以我想儘量讓更多我愛的人安全，而我自己站出去背負這一切都可以，這就是我的私心。

「是必死之局！」秋長老下定了決定一般，對我說出了這句話。

我一下子愣住了，是的，命字脈博大精深，對他們有時候算出的結果，你不得不信，但在其中命字脈也不是萬能的，命卜原本就是最為逆天的事情，根據卜算事情的大小，付出的代價均為不同。

我得到了一個必死之局的答案，這就是最為嚴峻的後果了，至於怎麼死，反而不重要了，相信雪山一脈的長老，就算守著雪山一脈命字脈法器通天盤，也不會花費巨大的代價去卜算，到時候對大戰避而不戰的與我們相關的修者，是怎麼一個死法？

我深吸了一口氣，發現沒有選擇，只能看著秋長老說道：「那若參戰呢？」

「若是參戰，將有一線生機，而且是一個涅槃之局。有長老推算，經過大戰的洗禮，你們這一撥人，將成為真正的中流砥柱中的一部分。至於涅槃是什麼，這個無法回答……為了得到一點兒提示，其中一位長老連噴三口心頭血，可見這是禁忌。」秋長老如實的對我回答道。

在這一刻，我忽然有一瞬間大腦空白了一下，再清醒時內心忽然又變得平靜，不管命運有再多的支流，但有些地方並不是支流可以決定改變命運的，就好比一條江河再多的支流，也有必然要流過的地方……這可就屬於命運的必然。

既然命運的必然，是要所有在雪山一脈的，和我相關的人都參戰……那何不坦誠的接受命運？

「那就如此吧。」我平靜的說了一句。

秋長老奇怪的看了我一眼，其實剛才的情況我心知肚明，是陳承一回來了，他原來……我心底的情緒複雜，但這等隱祕自然不會在秋長老面前表現出來，所以我還是一臉平靜。

至於他肯定是詫異我態度的忽然改變，但這種事情我不解釋，想必他也不會多詢問什麼。

果然在沉默了一會兒以後，秋長老歎息一般地說道：「其實，掌門，我冒昧的叫一聲承一，你難道還不瞭解你身邊的人嗎？就算沒有這個必死之局，他們也必然會參加這場大戰，這麼多年你們生死與共的走了下來，這一次他們會不和你一起去面對嗎？」

我沉默的站在風中，那些屬於陳承一的記憶在翻動，看來這一世我好像真的比上一世活得要不一樣許多。上一世，我也有很多師兄師弟，師姐師妹……但也不過是泛泛的點頭之交，說不上有多大的師門之情。

當然發生了什麼，出於同門的情誼，只要是正義的事情我必然也會相幫，但這種生死與共，我發現可能真的做不到。

那這樣的羈絆到底是好還是不好？我開始思考這個問題，而在上一世，我會覺得所有的感情都是累贅。

「風有些涼，我們下去吧。你說的事情我知道了，如果事情順利，三天以後再說吧。」我轉頭，再眯著眼睛看了一眼溫暖的太陽，然後輕聲的對秋長老說了一句，徑直離開了這個平臺。

秋長老彷彿歎息了一聲，但那聲音也終究被平臺的大風給吹散在了空中，是為我歎息嗎？而我有什麼值得好歎息的？

時間在不經意中流走……古井不波的修煉中，三天只不過是一晃而過的時間。

我基本上也已經沒有了時間的概念，我只是知道在這段潛心修煉的日子裡，我的實力得到了提高，而有幾種對於我來說也算是玄奇的老李一脈祕術，被我悟得更加通透，甚至推演了一番。

這樣的推演是為了更深一層的理解術法，其實我一向認為一個術法的傳授只是基礎，只要對術法理解透了，一個術法是可以千變萬化的。

而這老李一脈的祕法果然是讓人震驚，比起上人傳授的祕法，都是有過之而無不及，我不禁有些出神，從陳承一的記憶中，我知道老李得道於昆侖，那昆侖到底是什麼地方？我曾一度以為就是我生存的那個世界。

在沉思中，我所在的小洞穴門被推開了，我以為是秋長老照樣給送吃穿用度的東西來了……卻不想一回頭看見的卻是老掌門。

「感受你的氣場，想必在這些日子中，你已經有了極大的收穫了，是吧？」老掌門看著我，淡淡的問了一句。

我點點頭，這個事情沒有必要否認。

「很好，果然是我等也不可及的天才。」說話的時候，老掌門放下了手中的盤子，和以往一樣，上面是幾個燉盅，外加一些藥丸。

「你知道我的身份了？」我端起燉盅，詢問了一句。

「大概也知道了，陳承一的前世，道童子。是新燕無意中和我談話說出來的，你是童子命，推算出這個不難。」老掌門是個異常坦然的人。

我沒有開口，只是靜靜吃喝著，也是有了這些珍貴的藥材支撐著，我的修煉才能像現在這樣一日千里。

「估計也是天意，事情非常順利，這三日後，我們果然得到了想要的消息。這一次，你該出關了，做為掌門，關於這一場大戰的安排，你總該在場的。」老掌門看著我說道。

原來已經過了三天了？關於老掌門的要求，我沒理由拒絕，只是點了點頭。

而在心裡，那種凶險的感覺已經瀰漫心頭，靈覺開始發揮作用了，大戰果然是近了。

第一百七十六章　祕密會議（上）

二十幾天了，這是我第一次走出那個掌門所在的洞穴，老掌門和我同行，但不知道為什麼，他總是在我身後半步的距離，無論我速度快或慢，都是這樣保持著。

這讓我稍許有一些不自在，畢竟這個雪山一脈的掌門對於我來說，來得太突然，我並沒有什麼做掌門的覺悟，外加無論如何我在心底對老掌門還是敬重的，他這樣走在我身後半步的距離，我如何能自在？

想到這裡，我索性停下了腳步，還未開口，老掌門已經看著我說道：「你到底是雪山一脈的掌門了，不管是大戰還是在大戰之後，你都將帶領雪山一脈。已經很久很久了，雪山一脈沒有真正的掌門了，我要幫你培養掌門的威嚴，自然要從細節做起。」

「這個很重要嗎？再說，我活得過大戰嗎？」我知道無法固執過老掌門，也就不再堅持，只是朝著洞穴外走去，而這句話說到最後，聲音已經漸漸低不可聞。

就算我是道童子，是別人口中的天才，我不是這個世界的存在……但我也一樣沒把握能活得過那場大戰。

或許我所在的世界，修者的水準大大的強過這裡……畢竟各種條件傳承都不一樣，但是我發現這裡的修者有一種屬於自己的獨特「韌性」，讓他們之中出類拔萃的一樣出色不已，所站的高度也很高。

就比如老掌門，也比如陳承一記憶中的一些東西。

我的話老掌門顯然是聽到了，他並不是很在意的走在我身後，也只是說了一句：「你既為傳承的掌門，我相信三位老祖一定就有其深意。一場大戰，也許也只是開始。多餘的不必深想。」

其實，我能深想什麼呢？不管是在哪一世，我執著的也不過是對道的追求，其餘的也只是浮雲。

由於消息的重要性，這一次召開的會議都是絕對的高層參加，並不僅是雪山一脈的人，而且鑒於如今陡然就開始紛亂的時局，這個會議並不會在雪山一脈的山門召開，而是在雪山一脈的一處密室。

這個密室在山門所在對面那座雪山的山腹之中，我和老掌門一同走下山門，走到了早已等待的馬車之前。

而在山門一路，所見之人紛紛恭敬的給我和老掌門打招呼，看見老掌門刻意走在我身後半步，眼神中多少都有一些詫異，接著就變成了另外一種情緒，或許是對我認同的情緒。

不管在何時，人都必須要承認，有時候想要快速的得到認同，還需要一些有巨大影響力的人支持和幫扶。

在雪山一脈，反而越是高層的人對我越是寄予厚望和支持，這應該和雪山一脈三位老祖的遺訓有關，這讓我不禁對這三位人物神往，到底是何等風采的人物，才能讓子孫後代有著如此的崇敬，不敢違背絲毫？

在出神間老掌門已經和我一同登上了馬車，馬車立刻開始朝著那邊的山峰飛馳，在馬車上老掌門歎息了一聲，說道：「是你，才能如此淡定自若，如果是換成真正的陳承一，應該會比較惶恐今天這種情況吧？但有的時候，他的情緒一上來，卻又總能感染人，你和他……唔……」

老掌門沒有說話了，我亦沉默……其實，我感覺陳承一這個黏黏糊糊的傢伙，就像活進了每個人的心裡，而我好像做不到這一點，但我還是沒有想通，這一點到底是好還是不好？和對大道的追求又有什麼關係？

馬車的速度很快，在這片草原上風馳電掣一般，二十幾分鐘就到了另外一座雪山之下。這座雪山看起來沒有任何入口的樣子，老掌門卻是沒有解釋什麼的，帶著我直接朝著雪山之上爬去，在路上卻是提醒我，一定要跟上他的腳步，注意每一步的落點，因為這裡有陣法存在。

我自然也是看出來了，也不多言，只是跟隨老掌門的腳步，認真的走著。

只是越走我越發覺得這個陣法精妙無比，當十幾分鐘以後，我看見離山腳不遠的地方，有一個明顯的石門時，我一下子愣住了。

障眼陣，真正的障眼陣，是這個陣法掩蓋了這個大門，我沒有想到在這個世界，我還能看見這樣的陣法。

要知道，這個陣法雖然是小陣法，我和老掌門也只用了十幾分鐘就走出了這個陣法，但是在我所在的世界，這也是幾乎失傳的手段，很多所謂的障眼陣，都是利用地形或各個物體的掩蓋做到的，我沒有想到在這裡，我竟然看見了真正的障眼陣。

這個是陣法調動了天地的能量，形成了類似於海市蜃樓的效果，說出來，沒有什麼奇怪，要做到卻是真正的太難了。

老掌門看見我有點兒吃驚的樣子也不奇怪，說道：「論起底蘊，雪山一脈還是有的，就這麼一個小小的陣法，別的勢力很難得到，因為這是一個以陣法著稱，到現在已經蹤跡難尋的隱世門派的人為我雪山一脈所佈置的陣法，他們的傳承非常厲害，就算得到昆侖傳道的也不在少數，只不過因為特殊的原因沒落了。」

我有些木然的點點頭，看來這個世界也不是我能輕易揣測的。

這背後到底有多少精彩的故事和隱祕呢？

在思考間，老掌門已經把我帶到了那道石門之前，扭動門前的機關，沉重的石門就打開了，露出了石門之後那條漆黑幽深的通道。

「在這裡，是雪山一脈很重要的地方，有多個密室存放著物資和典籍等等，還有祕密的會議室，有大陣的保護。你以後也就會慢慢瞭解了。」老掌門對於我沒有什麼隱瞞的。

這些也本就是我早就該知道的事，卻是因為特殊時期上位，所以也沒有來得及知道。

「經歷了那麼多的犧牲，關於楊晟那邊的事情，基本上已經搞清楚了，這一次會議，一切就將要揭開。」老掌門忽然對我說了這麼一句。

楊晟那邊的事情徹底弄清楚了？我倒是有些吃驚了，畢竟在陳承一的記憶中，這個就是最大的心結。

而老掌門也不再多言，而是帶著我走入了那條幽深的通道，在通道裡的兩旁都亮著明亮的油燈，走在其中也不覺得憋悶，看來是另外有通風口，而在通道的盡頭就是一個大廳，當我和老掌門走入大廳的時候，我一下子覺得燈火通明。

一抬頭，我發現大廳密密麻麻的坐了有數十人，都環繞著一張保持著原木色，看起來非常簡單古樸的圓桌而坐。

而在那張圓桌上，鋪著一張巨大的地圖，上面密密麻麻的描繪著很多的紅線藍線，還有文字……就像陳承一記憶中的軍事地圖。

我遠遠的就看見，地圖的重點描繪的是一座山峰，而在山峰的頂端，是一座寺廟，非常簡陋的寺廟，只有一個單獨的廟堂。

看見我和老掌門走了進來，所有人都望向了我們，然後紛紛站起來，給我和老掌門行禮，就包括陳承一的師傅也在其中給我們行禮，畢竟在這個場合我是掌門，不管怎麼樣禮節是要周到的。

而雪山一脈的高層更巴不得如此，他們想我快點坐實掌門這個位置。

在其中也有少許人沒有那麼鄭重，那是陳承一的夥伴們，他們用另外一種方式來表達了親切，就比如說，現在那個叫慧根兒的小和尚一下子就衝了過來，對著我親切的喊了一聲「哥」。

但我一下子卻有些反應不過來。

第一百七十七章 祕密會議（中）

我和陳承一的意志在同一個身體裡，感受都是共用，但也要分個主次，所以說，即便是感受共用，我也不是每個細節都能體會的那麼深刻。

就比如那三天，我幾乎就是一個沉眠的狀態，自然只能有模糊的感受。

在這個時候，不知道為什麼我下意識的就想掩蓋我並不是陳承一這件事情，好像就是有一個強烈的念頭在提醒我，不能讓在場的人知道，不能讓他們傷心。

意識只是瞬間的事情，下一刻我就在想，陳承一見到慧根兒會怎麼做？

可是我還沒來得及想好，慧根兒已經撲到我面前，一下子就攬住了我的肩膀，看樣子原本是想熊抱一個的，無奈他也算是一個大個子了，所以才沒有做出這樣的舉動。

我一時間不知道該怎麼做，該說什麼，只能下意識的勉強擠出一個笑容，陳承一是會笑的吧？但在那邊，孫強也已經大步走過來叫著哥了。

這種稱兄道弟如此親密的關係，在我的人生中從來沒有經歷過，一時間，反應不過來的我，表情都有些木然。

「哥，你是怎麼了？修煉的時候不出來見人，怎麼見到我們也有些心事重重的樣子啊？」我還沒有表態，慧根兒已經流露出疑惑不解的神情……這個時候，我感覺所有人都望向了我，大多數人眼中都流露出一絲疑惑。

而肖承乾已經站了起來，雙手抱胸的看著我，問了一句：「承一，你這是練功練傻了嗎？」

我忽然發現我真的不適應如此的人際關係，這個時候才想起來，陳承一每次見到慧根兒的時候，會摸摸他的光頭，我抬手有些想這樣做，可是卻覺得彆扭無比，發現自己根本做不到如此親密的舉動。

「想要這樣的舉動，總是要有深厚而自然的感情去支撐吧，而感情很多時候，除了必然的緣分，也是一種經歷。」在心底很突兀的冒出了這樣一個想法，就好像是陳承一在告訴我答案一般。

我站在場中有些發愣，第一次發現更難面對的不是敵人，而是這些分明對我充滿了感情的人！

我身上有些微微發熱，覺得要不了幾分鐘我就會露陷，我不是陳承一，到時候該怎麼去解釋？

「承一，聽聞你修煉到了已經有些發癡的狀態，小心我告誡你的任何事情不能太過，就算有大戰的壓力在前，也不能一心去陷入，知道了嗎？」在這個時候，忽然有一個聲音插入了其中，我抬頭一看，不正是陳承一的師傅姜立淳又是誰？

我朝著他感激的看了一眼，說起來他是知道真相的，此刻不是在給我解圍，又是在做什麼？

「都去坐下吧，畢竟是我雪山一脈重要的會議。掌門請……」在這個時候，大概知情的老掌門從我師傅的話中，也大概明白了我應付不來，反應過來以後，也用言語開始幫我解圍。

在言談中的意思就是在這裡是雪山一脈嚴肅的場合，我此時又身為掌門，有什麼私人的感情還是不要在會場中表現太過，私下再說吧。

不得不說，老掌門這番恰到好處的提醒，連同師傅的話幫了我的大忙，在場的人都明白，當下如月站起來拉走了慧根兒，孫強也抓抓頭，退了回去。

一場原本差點穿幫的風波就這樣化解了過去，只是我分明覺得承心哥、路山，還有那個叫如雪的女子眼中的疑惑更加濃重。

我一步一步走向圓桌的另外一頭，在那裡基本上是主位，空了兩張木椅，其中一張明顯比其他的椅子寬大，我自覺的就想坐到寬大椅子旁邊的那張椅子，我對這個沒有什麼概念，本能的覺得那個位置應該是老掌門的。

卻不想老掌門一把拉住了我，說道：「承一，雪山一脈現在奉你為掌門，那你就有絕對的話語權，在這個會議上最重要的決定該你做，這個位置也是你的，不必考慮輩分的原因。」

我心下略微有一些感動，從老掌門的話中我感覺到雪山一脈的決心，和對我莫名的信任還有倚重，生怕在場所有的門派勢力不知道我的地位一般。

我又怎麼好讓老掌門難堪？當下也不再推辭，坐在了那個最重要的主位之上，而老掌門坐在了我的旁邊。

在坐下之後，我的目光不由自主的就落在了如雪的身上，這個我這一世的戀人，這個清清冷冷的女子，和她完全不同，但上一世最後的血印，讓我對她的靈魂氣息如此的敏感，那麼多日子的過往，她的靈魂氣息……我有些恍惚，感覺那個安安靜靜坐在角落的女子，就好像是魏朝雨坐在那裡。

「人都到齊了吧？」在這個時候，一個雪山一脈的長老手中拿著一個冊子，開始詢問了一句。

老掌門對他點了點頭。

那個長老望著我說道：「那掌門，是否會議可以開始了？」

我望著如雪，兀自的出神……在我的眼裡，她的形象不停的在變幻，一會兒如雪，一會兒朝雨……最終，那形象定格為了魏朝雨，彷彿還是每次相約的時光，她對著淡淡笑著的樣子。

「掌門？」我久久的不回答，讓老掌門覺得奇怪，不由得叫了我一聲。

我這才回過神來，發現所有人都在等著我，想必剛才我那樣盯著如雪看的姿態也被所有人看在了眼中，慧根兒等幾個年輕人忍不住笑了幾聲，其他人就當做沒看見，畢竟我和如雪的一段往事在圈子裡也算不得什麼祕密了，至於如雪卻莫名的眼中多了疑惑。

她為什麼要疑惑，難道是察覺了什麼嗎？我忍不住在心裡暗暗想到，卻也不敢表露什麼了，只是對那個長老點點頭，平靜的說了一句：「開始吧。」

而老掌門對於我的這番表現，眼中多了幾分讚賞，畢竟在這種情況下，我沒有表現得尷尬和稚嫩，反倒平靜穩重，倒也有了一番掌門的氣度。

那長老得到我的首肯，對我點了點頭，然後才站起來，對著在場的所有人行了一個道家禮，開口說：「在場的諸位都是各個勢力的高層，從之前雪山一脈發出了雪山令以後，你們的決定，就讓你們身後站著的勢力和我雪山一脈緊緊綁在了一起。所以如今的形勢不用我多說，大家心裡應該都有數，開弓沒有回頭箭，就算在鐵則之下，這一次的碰撞也正式在我們的修者圈子裡拉開了正邪，也就意味著，這一場的爭鬥也許只是一個開始，從這一年，這一個夏末，也許就是拉開以後數十甚至百年爭鬥對峙的開端。」

說完這句話以後，這位長老平靜了一下，又接著說道：「可我雪山一脈的立場是堅定的，相信各位做出選擇，跟隨我雪山一脈也都有著自己堅定的立場，人間的正道，終究是需要維護的，修者圈子的歷史，以各位的地位，都是知道的。」

修者圈子的歷史？我輕輕皺眉，對此卻是一無所知，因為陳承一是一無所知的，看來這背後還有什麼祕辛，不過我沒有追問什麼，畢竟歷史就是已經過去的事情，也不是這次會議的重點。

果然，長老也沒有太過提及那段歷史，而是舉起了手中的一本小冊子，對著在座的所有人說道：「歷史中，每一次正邪的碰撞都伴隨著長期大量的人犧牲，只要人心不改，邪惡總是存在……只不過勢大勢小而已。我手中的這本冊子就是這一次爭鬥最絕密的資料，我敢說這是一次非常嚴重的事件，邪道勢大也是必然不可改變的了。在我宣佈這本冊子裡所記錄的內容以前，我想請各位在座的大家，為這次犧牲的很多人做一次祈福，不管道家的、佛門的，還是別道的修者，都有自己獨門的祈福之術，如果不是因為他們的犧牲，我們也拿不到這絕密的一手資料。」

說完這話，這位長老首先掐動了一個祈福的手訣，開始低聲行咒，而其他人也紛紛如此，畢竟犧牲的大多人等，也是他們身後勢力的弟子。

我的心中也充滿了一種嚴肅悲涼的感覺，同時也開始為犧牲的人祈福，讓他們念力加身，在來世輪迴的路上可以順利一些。

一場莊重的儀式完畢，會場再次安靜了下來。

那位長老也不囉嗦，翻開了手中的冊子，然後望著大家說道：「這本冊子裡記錄的就是這一次為什麼邪道如此高調，甚至不惜行事如此強硬，有些瘋狂的原因，你們都知道皆因為一個人——楊晟。」

第一百七十八章　祕密會議（下）

楊晟……我再一次聽到了這個名字，就我個人來說，和他是沒有什麼太大的恩怨，原本就道不同不相為謀，走不到一起，甚至最終敵對，也是再正常不過的事情。

對他放入感情的是陳承一，畢竟那是第一個闖入他心裡的外鄉朋友。給他從小相對封閉的世界，帶來了一種不一樣的感受，所以，陳承一一直都在意！

但現在我不是陳承一，我以為心中不會起什麼波瀾的，可是當長老這麼鄭重其事的說出來之後，心中還是略微顫抖了一下，我很明白這是屬於陳承一的情緒，或者也是困擾他太久的問題，終於要解開了。

沒有人知道我心中這一點波瀾，而那個長老也是一臉鄭重的放下了手中的小冊子，然後揮手示意了一直站在雪山會場旁的兩名弟子。

「在我說這些以前，先給大家看一件兒事，我想經過了這大大小小無數次戰鬥，大家都已經熟悉這個了，不過這一次，還是必須鄭重的說一下。」那位長老嚴肅地說道。

在說話間，兩名雪山弟子已經走了下去，大家對於長老的話自然不會反對，都沉默的等待著。

我也不知道這長老葫蘆裡到底賣的什麼藥？但不到一會兒，卻是見兩個雪山一脈的弟子抬上來一具屍體……是的，再明顯不過是一具屍體了，蓋著白布，遮著臉……就這樣被兩個雪山一脈的弟子放在了會場的中央。

誰都不明白為什麼好好的開會，才開始，雪山一脈就抬上來一具屍體是個什麼意思，都只能面面相覷，有些不解的靜待下文。

那個長老也不囉嗦，在屍體被抬上來以後，他就離開了自己的座位，走向了那具屍體……當著所有人的面，一把就揭開了屍體上覆蓋的白布。

白布之下，的確是一具人的屍體，但和正常的屍體不同，這具屍體半點都沒有正常腐爛的意思，反倒是痕跡交錯，肌肉發黑發硬，從牙齒和指甲來看，都有殭屍化的徵兆。

那位長老也不說話，只是掀開了屍體原本就只是鬆鬆覆蓋著的衣服，而衣服之下有傷口，但表現出的場景卻讓人大吃一驚，因為這明明已經是屍體了，按照科學的說法就是身體的新陳代謝都會停止，但是這屍體的傷口竟然有癒合的現象。

更為讓人吃驚的是，這屍體衣服下的身體，是新的肌體和腐爛的肌體交錯，一打開來，就有一股股難聞的味道傳來。

每個人臉上都是吃驚的表情，但就包括我在內的一行人，也不是太過震驚，我們和楊晟以及楊晟的手下也接觸了那麼多次，彼此之間交流，早就知道楊晟手底下有一批戴著面具的「精英」，表現得已經不像正常人了，所以……

我和師傅逃亡到雪山一脈之前一路被追殺，這樣的接觸還少嗎？我甚至想起了雲家的事情，想起了那個雲小寶……

而其他人，經歷和楊晟勢力大大小小的鬥爭，就如雪山一脈的長老所說，可能也多少對這種「精英」有些熟悉了。

「大家都看見了，儘管是有心理準備，還是都會吃驚吧？這個就是讓邪道瘋狂的原因，有關於楊晟的試驗，而這具屍體就是楊晟的試驗成果了！對於這些人，不，或者已經不能稱之為人了，你們多多少少都有過接觸，知道一旦他們身亡，屍體就會快速的腐化，這樣做，是楊晟為了不留證據！但後來，被我們的人發現了一個祕密，就是這些人之所以會快速的腐爛，都是因為在牙縫間藏了楊晟配製的一種藥，在身死之前咬碎……」長老給大家講解著一切。

這些的確是祕密，在之前連我都沒有聽聞過這樣的說法，可見在知道這些的同時，正道人士付出了多大的代價。

「為什麼楊晟會這樣？那肯定是有不想讓我們發現的事情，所以，我們費盡心力才得到了一個保存完整的屍體，然後大家看見了，已經完全的殭屍化了。或者說不能夠算做殭屍化，按照我們得來的消息，是楊晟所謂大計畫中的一部分——人類改造計畫！」長老沉重地說道，然後為屍體蓋上了白布。

在這個時候，我想起了陳承一記憶中的老村長，當真正的看見楊晟這些手底下的怪物全貌時，我腦中只有這樣一個想法。

但我心中同時也深深震驚，關於楊晟的點點滴滴我是知道的，難道楊晟已經走到了這一步？這簡直是逆天又逆天的事情，可是他是不是真的錯了？

我皺起了眉頭，如果他成功的話，確實是了不起的成就，但陳承一那傢伙會毫不猶豫的跳出來說絕對是不對的吧？換我，怎麼是這樣的想法？

那究竟不對在什麼地方？我發現我有些不明白。

我心中雖然想得很糾結，可是表面還是不動聲色，而那位在講解的長老自然不會知道我心中所想，而是轉身對大家說道：「這樣的計畫是不是很誘人？你們看身體，強悍到了什麼地步？就算死亡了，傷口還沒有停止恢復！大家修道，一心想求得的是正道，道家期待有一天能夠得到形而上的追求，佛家的僧人們也期待，有一天功德圓滿，能登西方極樂，楊晟這樣的計畫，從某種方面來說，是不是提供了一條捷徑？」

長老看著大家，大家也沉默著，從某種方面來說，就是！甚至，往大了說，如果這身體的樣子好看一些，沒有不停的在新老交錯的替代中，那麼這的確是一條捷徑，甚至楊晟繼續研究下去，說不定會解決這些呢？

我忽然想起了，我在小鎮遇見的楊晟，他的樣子已經完全恢復了正常，莫非錯的是我們？

在這個時候，我的腦中忽然劇烈的「嗡嗚」一聲，接著感到了陳承一的意志在強烈的掙扎，腦中反覆迴盪的就是一句：「道童子，你錯了，你錯了，你錯得離譜。」

我錯了，我怎麼錯了？我下意識就給這樣一個反應，卻感覺到了陳承一那強烈的怒火！

一時間，這樣的爭鬥在我的靈魂和大腦中糾纏不休，我的臉一下子就脹得通紅，但是專心聽著長老講解一切的大家並沒有注意到我的異常……

長老的話還在繼續，他在說著：「這看似是一個很美好的願望，楊晟甚至想把這一系列的想法普及到全人類，可是，真的可行嗎？老天爺早就給了我們答案，這具屍體原本的情況，我們雪山一脈通過特殊的手段，得到了一些事實，那就是這個人的身體和力量雖然已經比普通人強悍了太多，甚至從某一方面來說，還得到了修者的天資，因為身體強悍，再用一定的辦法提升靈魂，按照修者的手段是可以做到的，按照楊晟的說法就是科學在朝著玄學靠近，玄學也在接納科學。」

「我從來不否認這一點，科學揭示的很多東西，其實有時也是在證明玄學，但楊晟的方向錯了，揠苗助長的典故不是假的，古人的智慧我們也不能忽略！我們得到的是什麼事實？就是這具身體的主人，在未經改造以前，原本如果無災難，是可以活到七十歲的，但是現在，他就算沒遭受任何的意外，也只有四十年的身體壽元！這只是純粹的在說身體壽元，大家明白了嗎？如此強悍身體的代價，在背後花費的是人的生命力！」長老擲地有聲地說道。

沒有人會懷疑雪山一脈德高望重的長老的話，而在這個時候，長老又從長袖中拿出了一瓶紫色的液體，閃爍著詭異的光芒，在我們的眼前，他還再證明點兒什麼，但在這個時候，我的大腦忽然就像痛得要爆炸了一般，我終於忍不住大吼了一聲，一下子翻身倒在了地上。

第一個反應過來的是老掌門，他一把扶起我，忍不住擔心的看著我，問道：「掌門，你這是？」

第一百七十九章　悟

在這個時候，我不想讓所有人察覺到我的異樣，很想給掌門解釋一下我沒事兒，但是在下一瞬間，我就無法感應到外界了。

只因為我一直以為陳承一在沉睡的意志，在這個時候忽然在劇烈反彈，慢慢的在壓抑我的意志，而他的意志並不能一時之間占到上風，所以，我們兩個對外界都不能做到很清楚的感知了，卻是在存思的世界裡對峙了起來，而漸漸我也脫離了對這個身體和靈魂的掌控，而我是誰？我是陳承一……

我以為我會就這樣沉睡下去，在無聲的黑暗之中，如果不堅定維持那一絲清明，其實也沒那麼可怕，就像如果你沒有了感覺，還會覺得劃在你身上的刀子可怕嗎？根本不痛，那也就不怕了。

可是我無法忘記師傅的話，他讓我不能放棄，他讓我把這一切當做只是攀登一座山峰，所以，在道童子的意志鋪天蓋地而上的時候，每一次就快將要把我「吞噬」同化的時候，我始終在黑暗中不肯放棄自己的那一絲清明。

我是承一，我是陳承一！

這就是我最後的一絲清明……這樣的清明讓我很痛苦，因為周圍都是黑暗而無聲的世界將我包裹，因為道童子意志被動的完全壓制，我根本感知不到外界的任何情況，對於人來說，最可怕的不是任何的酷刑，而是讓你在黑暗的孤獨中，一直這樣沉默的待下去。

所以保持著這絲清明，是我人生的經歷中最痛苦的一次經歷，也是最痛苦的一次錘煉，我唯一不敢放棄的只是希望。

我能感覺我的一切都在和道童子無聲的融合，除卻我的意志，因為我清楚的知道，到最後，這就是會被真正壓制至消散的東西，而意志這種本質是無論如何也解釋不清的東西，無人能夠具體的說出它是什麼，就像靈魂有時可以解釋為一股能量，一段磁場，但是意志呢？

我曾經問過師傅這個關於靈魂核心的問題，師傅也是沉思了很久，才回答我：「這也許是一顆心，這也許就是一個人的思想，這才是真正最無形的東西。」

而不管是一顆心，還是波動的思想，最大的養分都是希望，我慶幸我不曾放棄。

從一開始的無邊黑暗，到後來，隨著道童子和我的靈魂及一切越來越多的融合，他的意志反而不再那麼強勢，偶爾在他心情有波動的時候，我也能慢慢的感知一些外界，慢慢恢復一些清明了。

至於，為什麼一向淡然的道童子會有這樣的心情波動，我很難去解釋，只是記得師傅曾經提起過一個高僧的話，是當做對靈魂的解釋給我聽的。

他說那位高僧曾經說過，其實跳脫出命運之河、擺脫痛苦的輪迴，也並非普通人不可嘗試的事情，只是沒有經過千錘百煉的圓滿意志（也可解釋為圓滿之心），是無法承受一世又一世的記憶的。

因為不以超脫的心來看待自己，最終也就會被同化，陷入徹底的錯亂。

這段話的意思看似朦朧深奧，其實理解起來也不難，天道給人的每一次錘煉，都是仁慈而公平的，也就是人之初，都寄予了一顆不染塵埃的初心，讓人重新出發，在錘煉的過程中，如果不徹底，前世的錯，依舊會錯，甚至錯得更深，而有些就把雜質錘煉而出了。

到某一世，也就是接近大道規則的圓滿之心了，也只有這樣的心靈，才會去如同天道看世人一般的去看到自己的每一世的記憶，而深藏在命運障壁之後的每一世意志才會被接納，或者說完全的摒棄錯誤，回歸正確的意志。

這個就是得道前最後的一次心劫，之後徹底回歸圓滿。

普通人自然也可以做這樣的嘗試，但沒有這樣的一顆心，如何能夠不被每一世的記憶所影響？最後，不要說熔煉意志，整個人在輪迴的回憶中，就會徹底錯亂。

所以，到最後的一道考驗，就是把大輪迴融合成一個個快速的小輪迴，心境若圓滿，輪迴百世又如何？

如果說一定要解釋道童子的心情波動，只能說，他的意志連這一世的我的記憶都不能承受，在他壓制同化我的意志的過程中，他首先被我的回憶攪得心亂了。

我越發感覺到他的淡然，只是一種偽裝，他認知裡的大道應該是淡然而公平無感情的看待世間的一切。

他也就努力的去模仿，殊不知這只是其形，沒有其心，如何是真的？而越是這樣，反而越是軟弱，道童子被記憶影響得厲害，而他的偏執在某個時刻，也就突顯得越發厲害……

在楊晟的事情上，他心中的疑問就徹底體現出來了這種偏執，對大道的偏執，何嘗就不像楊晟對待科學的偏執。

我聽見了長老的那句話，天道早就給出答案。用壽元做代價阻止這一切，就是天道的警告，就好比，沒有匹配的心靈，卻有了不匹配的力量，最後帶給人的只是自我毀滅。

這與正道修者的道德和底線都無關，只是正道修者看見了這種危險，而人類曾經無窮盡的陷入內鬥，本質不就是這樣嗎？

心靈不圓滿，而力量膨脹時，就總想要得到更多，這種自私的貪婪就是原罪，掀起了一場場的戰爭，換個角度來說，就算楊晟沒有後遺症的成功了一切，放在人類身上，就一定是好的嗎，帶給世界的後果是什麼？

不論在什麼情況下，得到了不符合自身的強大力量，都不是好事，是危險，更何況楊晟是做不到沒有後遺症的成功的，而是充滿了無窮的後患，這些試驗品就是例子，他們變得不像人了，這樣活著真的不痛苦嗎？

我歎息了一聲，很難想像一個小孩拿刀的後果，生命是一場漫長的進化，真的怎麼能揠苗助長？這儘管看來沒有什麼說服力，實際上真的是可怕的……

在對外界沒有感知的時候，我和道童子第一次真正的相遇了，相遇在了我們感知的世界……

他在我面前站著，就像他記憶中的那般，一身青袍，表情淡然，緊抿的嘴角，眼神卻是帶著一些好奇的看著我。

「陳承一，從在你身上恢復清明以來，我就一直處在各種的疑惑當中，就連認為必然的事情也讓我疑惑，就好比你原本應該要消失的意志，為何會如此的清明？你告訴我，我錯了……」首先開口的是道童子，他這樣對我說道。

「我無法回答你，但現在我覺得這一切就像師傅所說，錯的就是錯的，對的就是對的，錯的不能把對的掩蓋，這才是天道，這也許就是我不會消失的原因。」我對道童子如此說道。

之前在我的意識裡，道童子是堅韌得不可戰勝的，後來才發現，瞭解越深，事實就越發的不是如此。

看來，人類的恐懼源於未知，這句話真的是真理。

「你說我錯了，是指楊晟的事情嗎？錯的只是說，楊晟違背了天道，所以天道拿去了被實驗的人的壽元做為警告，我在贊成楊晟的時候，就是在違背天道嗎？」道童子看著我，是真心詢問的樣子。

「不，你錯在沒有看清楚天道為什麼要給予這樣的警告，你一直都錯在只看規則的表面，就好像規則告訴你是一，你就機械的去做這個一，你從來不深究一的背後是為什麼？就像你以為天道的規則是公平而無情的，卻不知道其實規則的背後是大情大愛，我要感謝你，讓我陷入黑暗，才讓我更加深刻的思考到我前世到底失敗在哪兒，所以今生要進行這樣的錘煉。」我歎息了一聲說道。

這一刻，我是真的有一種明悟的感覺，好像一切都已經徹底的展現在了眼前。

「你看清楚了什麼？天道為什麼是大情大愛？」道童子還是不解。

「看清楚了，我前世經歷魏朝雨一劫，未必不是好事，如果不遭遇此劫，我也必入邪道。上人展開夢回大陣，不過是為了讓你明悟，你走偏了道，但到最後，你也沒有看清楚這種危險。至於，天道為什麼是大情大愛，你只需要看天道的規則主流的方向是什麼，你就理解了……是正，這就是最大的仁慈，就好比日升日落，輪迴不息，這就是對生命的仁慈……你懂了嗎？如果不經歷各種紛紛擾擾的世間情，到最後你如何能看穿這一點？你看到的只是規則公平和無情罷了。」我輕輕歎息地說道。

我，終於是明白了。

第一百八十章　真正的祕辛

在感知的世界裡，其實是沒有現實世界裡的風雲雷動的，但在這個時候，我說出這一段話以後，我們之間好像起了一陣無聲的風。

道童子看著我，而我第一次也平靜的看著他。

「至少在你和我之間誰都不能說理解了天道。」終於，道童子在沉默了很久之後，這樣對我說了一句。

「是，那就只有剩下天道最後給予我們的答案了。」我也看著道童子這樣說了一句。

「就是你師傅所說的，錯的終究不能掩蓋對的，是這個意思嗎？」道童子望著我說道，然後沉吟了一下，又接著說道：「為什麼我就一定是錯？」

「看來上一世的教訓，對你和對我都還是不夠。對錯自有天道判定，而對於你我來說，這樣的對峙，其實是難的。」我忽然心有所感，望著道童子認真地說道。

「為什麼？」在以前的道童子是沒有這麼多問題的，或者說在我和他之間，常常問為什麼的，是我而不是他，但在如今，越來越多的為什麼出現在了他的口中。

「因為，無論你我誰最終會留存，那都是一個真正戰勝自己的過程。勝人易，勝己難，所以，你我的對峙是難的，但也是難得的。想必這一次之後，無論是你還是我，都會把有些事情看得更通透。我們為同一靈魂的意志，或許本源一致，靈魂若為樹，你我是不同的兩片葉子，輪迴不息，或許就會有更多的葉子於靈魂之上。但如今，我卻發現，好一個大道歸一，大道歸一啊，原來跳脫其外，真的就是要過大道歸一這一關啊。」我看著道童子說道。

道童子忽然笑了，對我說道：「第一次，輪迴之事可以讓我笑一聲了，很好。」

「是的，一切很好，我或許還要歸於黑暗，但楊晟的事情，我不得不告訴你，你錯了。心存疑惑既是錯……我們在沒有得到最終的選擇之前，你不要把我們共同的路走偏。」我望著道童子再一次說道。

「我自然知道，但我這樣做，也只是因為我應承你的事。他只是不仁，有違道義和底線。但楊晟本質的對錯，也看天道最終給出的答案吧。」道童子在這一點上似乎有些執迷，可能在他看來，能前進一大步的事情，為何叫錯？

但在敵對楊晟的事情上，我們終究還是達成了一致，道童子原本就嫉惡如仇，他本身也是不能容忍楊晟在本質之上偏激的行為的。

感知的空間慢慢破碎……陳承一的意志再次的沉默下去，畢竟他雖然還保持了一絲清明，但在實際的情況下，他的意志還是弱勢的，在此刻並不能主導這具身體和靈魂。

「掌門？」老掌門又再次呼喚了我一聲，所有人的目光都停留在我的身上。

我一清醒就知道，我和陳承一的對話看似很久，其實也就是瞬間的事情，看著周圍人的目光，我心底也有些頭疼的歎息了一聲，畢竟身為掌門，如果給不好解釋，這局面無非是糟糕的。

畢竟大戰在前，以雪山一脈為首，我又是掌門，這中間涉及到凝聚力的問題，所以我站起來，輕描淡寫的拍了拍衣衫，看了看眾人，還有非常擔心我的那些故人，淡淡地說道：「來之前，修煉祕術……僥倖成功，卻是所耗精神甚多，原本想強忍，剛才終究是承受不住了。大家見諒，大戰當前，承一不敢懈怠。」

說完這話，我抱拳對大家歉意的一笑，然後重新坐下。

大部分人的目光都變得釋然了，只有那些關心我的人還透著不安，但是也有兩個人帶著疑惑，一個是如雪，看我的目光好像大有深意。

而另外一個是承心哥，他疑惑的點在於他所說的話：「承一這傢伙什麼時候那麼有大人物的氣度和風範了？難道這些日子練這個去了嗎？」

但承心哥到底是沒有再追尋下去，但是，如雪的目光卻始終不對。

這些就是很私密的感覺，除了當事人，也沒有人會在意這個，老掌門在我身邊不停的噓寒問暖，大意是我是否支撐得住，我點頭表示沒有問題，這一場小小的插曲，也就算暫落帷幕了。

那位講解的長老見到沒事，就清咳了一聲，讓大家把注意力繼續集中在了他的身上。

這個時候，他已經拿著這一瓶紫色的液體走回了會議桌上，看著這瓶紫色的液體，充滿了感慨地說道：「為了這個東西，犧牲了我雪山一脈最大的一條暗線！才換來了它。」

「等等，清長老，你說雪山一脈的暗線是什麼意思，這讓我們有些不安啊。」在這個時候，一個看起來有些不食人間煙火的老者站了起來。

我對這個老者模糊的有些印象，當初陳承一擂臺戰，看見十大勢力，這個老者就是其中一個正道勢力的絕對高層。

其實，在座的這些高層中，有好幾個都屬於十大勢力的正道勢力，另外的，還有一些中小勢力和一些隱世的門派，不管如何，清長老講的話是有一些敏感了，這暗線說明白一點兒就是埋伏在別的勢力裡的探子，這如何能讓人安心？

清長老彷彿料到，早就會有這種反應一般，只是笑說：「大家別誤會了，雪山一脈從不對任何的修者勢力安插暗線，就連邪道的勢力也不會。但有一個神祕的組織，雪山一脈既把大義擔負在肩上，就絕對不敢坐視不理。」

「不知長老所說是……？」

「請長老明示……」

請長老的這番話無疑像是在水中扔下了一顆重磅炸彈，炸得在場的所有勢力高層都忍不住紛紛開口詢問，再也不能做淡定的樣子，畢竟讓之前獨立於世的雪山一脈都那麼在意，並且不惜埋下暗線的組織不得不讓人重視的。

「這個如今正邪的對峙已經撕開，也就沒有什麼好隱瞞的。就如我雪山一脈雖然表面上獨立於世，卻是一心要守護天下正道的。而邪道那方面，活躍在明面上的是那些勢力，在背後也有一個類似於我們雪山一脈存在的勢力，只不過它的存在比較特殊，是以世俗公司為表面存在的。就叫A公司吧。這些年其實一直都是有對峙的，A公司也很低調，在背後真正支持楊晟的，並把這些勢力整合在楊晟手下的就是A公司。」清長老擲地有聲地說道。

這個消息無疑讓所有的勢力高層都沉默了，開始思考這個A公司到底是個什麼樣的存在？

在這個時候，一直不怎麼說話的吳立宇也說話了：「這個應該是真的。之前我老吳一脈的勢力也勉強可以躋身十大勢力，只不過後來因為各種各樣的原因沒落到了今天這一步。當時，我們的勢力是屬於邪道勢力的，也是我們的勢力親自接走了楊晟。一開始，在江湖中，所有人都以為楊晟是我們勢力的人，其實不然，事實上在這背後是有一段祕辛的，當日我們接走楊晟，是在之前接待了一個頂級邪道勢力的大佬，他吩咐我們做這件事情的。」

吳立宇一開口，顯然更加證實了這個消息，也解開了當年謎案的一角，畢竟這些事情連肖承乾也不曾知道。

而吳立宇繼續感慨地說道：「他讓我把楊晟接回來，說這個人是非常重要的，而且不僅要接回來，還要讓他暫時待在我們所在的勢力，明面上是我們的人，並且要配合楊晟的各種行動，那個時候，在黑岩苗寨爭搶到的東西，其實也是提供給楊晟的。而驅使我的動力，是楊晟說了，有辦法通過這些事情，讓我們所有人都去到昆侖……」

「啊？」這下子，幾乎是所有人都感慨出聲了。

結果大家是眾所周知的，那就是吳立宇最後和我師傅一起去尋找昆侖了，而不是和楊晟。這背後，到底又發生了什麼？

楊晟不是在做什麼人類改造嗎？怎麼又扯上了昆侖？

「這就是我要說的全計畫，楊晟的計畫最終是瘋狂的，他要洞開昆侖！」清長老的樣子變得分外的嚴肅！

第一百八十一章　驚人的異變

羽化成仙，立地成佛，這些就是修者的終極追求，而如今不管行到哪一步的修者，就算高度到了珍妮姐和老掌門這個高度的修者，也不敢說自己就真的有把握做到這個追求。

哪怕是一絲把握也不敢保證，天道無常，到底是要做到怎麼樣的地步，沒人清楚，不清楚所以也就沒有把握。

但一個不是修者的人，一個曾經只是學者的人，哪怕他是天才又如何？他竟然說要洞開昆侖。

要知道，對於得道果以後，所去的地方是什麼樣的概念，沒有人清楚，就像死去的人靈魂去的究竟是什麼地方，也沒人清楚，畢竟去的人沒再回來過，不能親口證明什麼。

就算有極偶然的現象，就比如說還記得輪迴的模糊經歷，或者說上界的人偶爾下凡，也沒有給過現在存在的人一個具體的概念，所以，昆侖這種古老傳說中一直就有的神祕存在，對於修者來說，無疑就是真正的「仙境」了。

清長老的話，怎麼不讓人震驚，甚至在震驚之餘還有一些瘋狂，我看見幾個原本就有些對自己立場不是很堅定的勢力高層，甚至有些動搖。

可能在懷疑自己的選擇是否錯了，如果楊晟真的能辦到，那簡直就是一步登天的事情，修者也許對別的事情欲望已經很淺，但是對於修行的事情，最終能得成正果的事情，又有幾個能夠有那個心境，真正的看清，只是當做追求，不成執念？

所以我只是冷冷的看著，不動聲色，這種事情是可以理解的，無關正邪，大道也是我的追求，但是我求的卻不是什麼仙境之類的地方，一心求道和一心成仙本質是不同的，上人說過，後者容易走偏，而道心堅定，是修道的基礎。

我自問道心還算堅定，為什麼陳承一就要說我錯了？上人和老掌門要說我沒有根基呢？我的心思又有一些恍惚，關於自己這些問題是怎麼也想不清楚的，但看清長老的臉上也浮現出一絲冷靜。

他停下了發言，目光有些冰冷的落在了那幾位動搖的勢力高層身上，問道：「在場的諸位，是不是覺得有些心動，應該支持楊晟的？找不出什麼理由不支持楊晟？」

大多數勢力高層好像對某些事情看得很明白，只是搖頭，只有那幾個剛才動搖的勢力高層，臉色變了變，索性站起來，對著清長老、我，還有老掌門分別作揖，很坦白的承認了自己心境動搖，畢竟聽聞昆侖。

老掌門和我都是不置可否的樣子，我不知道老掌門怎麼想的，但我心中的想法就和剛才一樣，一步登天，幾個能夠保持心境穩定？

但我也很驚奇，為什麼另外一些勢力的高層卻是完全不為所動。

「清長老，你也不必太過激動。畢竟昆侖在眼前，任誰心中都會泛起漣漪，邪道之所以瘋狂，也不就是為了這個嗎？我只是很欣慰，在座的各位，還是明白的人多，明白大道之途沒有捷徑，唯有清心苦修其身其心，才能根基穩定，步步向前。而一步登天之事，若然不是身具大福緣、大智慧，一朝得悟……又怎麼可能？這背後必定有極大的代價。剛才之事，想必幾位也是一時糊塗，能夠很快平靜內心，認識到自己的糊塗，也能在道心上更進一步，坐下吧。」這一次開口的是老掌門，比起清長老他三言兩語說得更加清楚，然後示意清長老繼續說下去。

清長老點點頭，然後看著大家，拿著手中那瓶紫色的液體說道：「之前那幾位心境動搖的長老一定是認為楊晟所為，看似瘋狂，卻是有其道理，也怪我沒有一次把話說得很明白。但接下來，要做要說的事情，恐怕就不會讓你們這麼想了。」

「這瓶液體，我剛才就說過，是我們犧牲了最大的一條暗線，才弄到的東西。確切的說，這就是楊晟最大的成果，是從A公司楊晟的實驗室裡偷出來的。當然，這只是普通品，而且是最初的樣品，具體是怎麼樣的，我先不說，大家先看看它的效果再給予評論吧。」清長老神色嚴肅地說道。

說話的時候，已經有兩名雪山一脈的弟子抬上來一個籠子，籠子裡裝著的是一隻草原狼。

清長老輕輕歎息了一聲，走到了關著草原狼的籠子裡，其實在我看來，完全不必那麼誇張，用那麼粗的籠子去關住一隻草原狼，我覺得這種粗度的柵欄，關住一隻大象都夠了，當然，如果大象夠小的話。

「你本也在草原上自由自在，我等也無心剝奪你的生命，其實如果不是為了必要的生存，誰也沒有權利胡亂傷害任何一條生命。但今天這個情況屬於無奈，算我清長亦主動去背負一段因，他日之日，必定為你做足法事，發大願許念力於你身，願你輪迴得好。」說話的時候，清長老歎息了一聲，將手中的紫色液體交給了一個雪山一脈的弟子。

那弟子接過紫色的液體，將它滴落少許攪拌在了碎肉之中，然後扔到了草原狼的籠子裡。

那條草原狼興許是餓了，猛地從籠子的一角就竄了過去，開始吞噬那些碎肉，清長老的眼中出現了一絲不忍，退到了一邊，他這一切沒人認為是做作，倒算是一個坦蕩的道家人，還懷有佛家的慈悲，深深的尊重因果。

整個會場很安靜，所有人都盯著籠子裡的那隻草原狼，從牠的毛色來看，那應該是一隻老狼了，也只有這樣的老狼才會落單，在牠吃完了那些碎肉以後，帶著一些滿足感的懶洋洋趴著了。

食物不易得，像活到這種歲數的老狼，深知這一點，不管是不是身陷囹圄，食物總是能帶來滿足感。

牠就這樣懶洋洋的趴著，絲毫不在意此刻眾人的注意力全部集中在牠身上，但這種飽腹帶來的滿足感還不到五分鐘，這頭老狼就猛地站了起來，然後變得非常狂躁。

先是狂吠了幾聲，接著開始發瘋一般的攻擊著關住牠的鐵籠……這番變化讓眾人都屏住了呼吸，但老狼的攻擊註定也是沒有效果的，畢竟這個鐵籠是如此牢固，這樣瘋狂的攻擊了大概三分鐘以後，老狼忽然不動了。

眾人都看見，牠身上的皮膚開始爆裂，皮膚之下的肉以非常快的速度開始腐爛，並有血肉掉下來，如此殘酷血腥的一幕，讓少許人低呼了一聲，但很快人們就發現在老狼的身上，那些爆裂的傷口處也有新的血肉在不停的生長。

可能在這種變化下，老狼也十分痛苦，開始在籠子中不停翻滾嚎叫，而清長老有些不忍心的轉頭低歎……畢竟，他可能心裡也有負擔，老狼有此遭遇，清長老始終覺得自己是因。

他的心境估計也到了某種境界，並不會認為這是一隻狼，而不是人，就完全沒有負擔……

老狼還在繼續嘶吼著，在牠身上幾乎沒有完整的地方，都紛紛爆裂開了傷口，然後這些傷口又不斷的生長……

慢慢的，在有些地方，特別是四肢的傷口已經停止了潰爛，開始漸漸變強，變成了一種類似於乾屍的黑色肌肉，雖然看起來不怎麼粗大，甚至比之前的肌肉還要薄一些，但是糾結著的樣子，非常有力量感。

這是屍化了嗎？我覺得喉嚨發乾，就跟之前一樣，儘管我不是貪圖捷徑的人，但不得不承認，楊晟就是一個真正的天才。

老狼還在繼續的變化……大概二十分鐘以後，整隻狼的四肢機乎都已經徹底的殭屍化，還有身上的少部分地方也是如此，而且由於我所不知道的原因，就像他們說的旺盛的新陳代謝，老狼的牙齒和爪子也開始快速生長，一直到我都想像不到的極限，才停下來。

在這個時候，老狼彷彿恢復了一般不再掙扎了，再一次猛的站了起來，儘管牠的身上還是有那樣的傷口，有一些皮肉在腐爛，於此同時又有新的皮肉在生成，但是牠好像已經沒有疼痛的感覺了，而且這些腐爛生長的速度也變得非常緩慢，可看起來還是觸目驚心的。

這一次，好像重新站起的老狼也意識到了自己得到了莫名的力量，又開始瘋狂的攻擊著那個牢固的鐵籠，甚至還是瘋狂撕咬那些粗大的鐵欄杆……

而整個會場都開始迴盪著那驚人的摩擦還有撞擊的聲音，讓人身上情不自禁的就起雞皮疙瘩，因為那感覺太像一個巨人在撞擊著什麼一般。

原本粗壯的鐵籠，在這隻老狼的攻擊下竟然漸漸變形，這也太驚人了。

「因為動物的力量比（力量和體積的比例）遠遠比人大，這隻狼得到的力量也就分外的突出，只不過……」清長老在眾人目瞪口呆的情況下，開始慢慢的述說，他接過了一個雪山弟子遞過來的沙漏，擺在了桌子上，然後歎息了一聲，說道：「大家看著吧……」

第一百八十二章 完全的揭祕

世間最無情的東西便是時間，因為它可以淘淨掩埋幾乎是一切的事物，曾經的風光無限，曾經的山盟海誓，留下的唯有堅韌耀眼的精神，不能被磨滅。

但又有幾個人能歷經劫難，留下這麼一段精神呢？

在這個世間有一樣計時的東西叫手錶，而在這個之外，我只知道沙漏，我認為看著它，是一件殘酷的事情，只因為它一點一點的流逝，感覺就像看著自己的生命在流逝。

沙漏靜靜的，而老狼的動靜卻非常的大，這樣一靜一動，卻讓人能夠預見即將到來的殘酷。

果然沙漏只是流逝了三分之一，伴隨著最後一聲老狼撞擊鐵籠「咚」的聲音，然後一切歸於安靜，我的目光落在老狼的身上，牠還詭異的站著，那眼中代表著生命之火的眼神都是陡然黯淡下來，接著牠的身體就這樣站立了兩三秒，然後轟然倒下，再無一點生息。

「都看見了吧……這頭草原狼雖然是一頭老狼，但如果不經歷這一切，牠的生命至少還能維持一到兩年，但剛才只是一點點紫色的液體，就讓牠的生命縮短到了不到一小時。但是也如大家所見，牠得到了力量，如果牠再年輕一些，得到的力量還會更多。」清長老開始給大家解釋著這一切。

在一片靜默當中，那具身上的傷口還在緩慢生長著肉芽的狼屍，旁邊是已經扭曲了的籠子，那籠子扭曲的程度讓人毫不懷疑，再給這條老狼一點兒時間，牠就能徹底的破壞這個籠子。

「這就是這紫色液體的作用，但是這只是普通品，最初的樣品。按照楊晟的說法，它還極其不完美，這不完美是在比例上，楊晟是深知它與壽元之間的關係的，這第一代的樣品對壽元的剝奪大了一些，留給試驗品的時間少了一些，而且因為人的不同，發揮的效率也不同了一點兒。但這其中具體的比例恐怕只有楊晟才真正的清楚，而他還在不停的研究。我可以給大家一個資料，在這初代的樣品之前，楊晟還進行過很多次的試驗，那些試驗死亡了起碼四千個以上的平民，因為失敗，他們大多變成了殭屍，一注射這種液體，就會喪失神智，存活的時間是十天到半個月不等。」清長老這個時候，收起了美麗炫目卻是惡魔一般毒辣的紫色液體，翻開了他手中的那本小冊子。

這個資料讓在場的各大勢力高層臉色沉鬱了下來，畢竟是正道的人在立道之初，誰都以對生命的尊重為基礎，做為正道的人物，哪個又是沒有底線的人？這樣的資料的確驚心，一個試驗，四千個以上的平民……

我的腦中卻不由自主的浮現出了陳承一的某一段回憶，追蹤小鬼的那一段日子，某一個神祕的倉庫，裡面莫名的殭屍，那一次楊晟也曾神祕出現過，難道那就是楊晟堆放失敗品的地方？原來一切早有預兆……

「如果是這樣，那楊晟到底要做什麼，培養一批短命的怪物嗎？」其中一個勢力的高層提出了疑問。

是啊，這個勢力的高層提的問題很尖銳，楊晟的計畫一部分就是人類改造計畫，那把人都變成了短命鬼，然後力大無窮，這種心理失衡下的後果光是想像都很可怕……

原本在人有力量以後，就很難料到人心會做出怎麼樣的改變，更何況變成這副模樣以後，而且還短壽？

到時候，楊晟還能控制得住局面嗎？難道他最終的目的是想要一個瘋狂的世界？

「諸位稍安勿躁，關於這瓶液體的事情我還沒有說完，剛才這位提的問題，也是我要說的關鍵。我會一一向大家說明的。」說完這句話以後，清長老繼續翻動著手中的小冊子說道。

「我之前說過這只是普通品，初代的產品效果自然不是這樣好。後來，楊晟在繼續研究之下，又有了更好的一代產品，這些產品對壽元的剝奪會比較輕，從情報得到的大概資料，應該是本身壽元的一半，但增長的能力也相對小了一些。之所以說是能力，是因為被液體改造的這批人，除了力大無窮，痛覺基本消失一大半，而且傷口癒合會相當的快。」說話間，清長老走到了那具老狼的屍體面前。

他示意一個雪山弟子打開了那扭曲的籠子，然後翻動了一下老狼的屍體，指著上面已經黑化的肌肉說道：「這個，大家看見了，這就是楊晟口中的最強肌肉，也是力量的來源，為什麼是最強肌肉？是因為這些肌肉已經能夠承受強烈的新陳代謝，強烈的新陳代謝自然會帶來強大的力量，而且因為這強烈的新陳代謝，這部分肌肉基本上是不傷肌肉，我想我的言下之意大家都懂，這麼強的新陳代謝意味著傷口可以瞬間癒合……」

說完，清長老望著狼屍歎息了一聲，繼續走到會議桌面前，說道：「那麼你們認為這樣充滿了缺憾又充滿了力量的液體，楊晟會滿足，會放棄嗎？其實，不是沒有相對完美的……」

說到這個相對完美，大家都有些震驚，這個液體的作用逆天，如果有相對完美的，會培養出什麼樣的怪物來啊？

清長老卻是神情平常，畢竟他早就得到了這些情報。

於是他繼續說道：「這是理所當然的，既然有普通品，那也有特殊品，特殊品的一切資料都是保密的，但我們的情報人員還是根據各種情況，努力得到了一部分資料，那就是特殊品非但不會剝奪壽元，還會把人變成不死不滅的怪物，當然，因為強烈的新陳代謝，特殊品一樣會讓人出現你們看見的，整個人殭屍化和腐爛化。」

真的是這樣嗎？我卻不由自主想到了陳承一記憶中，在小鎮見到的楊晟，他已經完全的恢復了正常啊，至少表面上是如此。

這其中一定還有什麼緣由，畢竟清長老也說情報得到的不完全，但這緣由具體是什麼，我還想不出來。

我在思考著這些，但那些勢力高層卻想的不是這些，他們在震驚，震驚這個特殊品的效果這麼逆天……

「大家是否很震驚？其實根本也不用震驚，因為這種形態像什麼？在東方有不死不滅的殭屍，越是年深日久和情況特殊，越是能力強大，而在西方，還用得著我說嗎？一直是西方獵魔人的目標——吸血鬼！只不過，我們修者圈子都承認一點，它們有這個世間禁忌的力量，所以不容於這個世間，不管是修者的勢力還是天道，都不會給予它們正常行走在世間的權力，甚至會通過種種去覆滅它們，而特殊品也是如此，它蘊含有不屬於這個世間的力量，就連楊晟這個科學天才……不，不能夠叫做天才了。」清長老說到這裡，神情對楊晟也有一絲佩服。

「他應該是怪才，他也不能完全複製這種稱之為禁忌力量的成分，所以他只能做出普通品！特殊品究竟是什麼？它……它就是由來自昆侖的植物和動物，甚至生物提煉出來的東西！懂了嗎？所以，它才有這個功效……具體會有什麼負面的效果，恐怕除了楊晟本人，還有A公司幾個真正神祕的高層！暫時沒有人知道，但這已經很了不起了，普通品。」說話的時候，清長老從長袖中又拿出了那瓶紫色的液體，它在光線下是如此的炫目。

此刻，所有人都被這瓶紫色的液體吸引了目光……都震驚於它的來歷。

而在這個時候楊晟的所有行為都有了解釋，從最初的最初，從老村長那個村子裡得到的紫色植物和決絕的背影……

「但這還不是全部……」清長老收起了那瓶紫色的液體，繼續轉身望著大家說道：「全部是什麼？是楊晟不滿足於普通品，但這其中有的成分，的確不是我們所在的世界上的物質能夠複製的……那怎麼辦？他選擇了與吳天合作，為什麼？因為吳天會一個禁忌的大陣，那個大陣能夠剝奪什麼？承一，我想你是清楚的！」

我一愣，然後在鬼打灣的回憶全部湧上了心頭，我喃喃地說道：「剝奪人的壽元，乃至氣運，可是……那需要神的天紋之陣才能夠配合啊。」

「呵呵，沒那麼簡單的……」清長老只是意味深長的看了我一眼，笑了一下，然後看著大家說道：「剝奪人的壽元，你們想到了什麼嗎？旺盛的新陳代謝，你們又想到了什麼嗎？是不是覺得很可怕？楊晟的理念又是什麼——能留下的只是精英。」

第一百八十三章 大戰之地

在場的都是聰明人，清長老的暗示也已經給得非常明顯，稍微一聯想，大概也就知道了這其中的後果。

所有人的臉色都變得非常難看，至於我心中的想法則更多了一些，畢竟我今生，也就是陳承一接觸昆侖之禍的經歷更多，除了早期的老村長，他的經歷更像是在發洩一股心中的怨氣。其餘想要成長的昆侖之禍，背後無一不是一片「屍山血海」，從黑岩苗寨的蟲子，到帕泰爾，到萬鬼之湖，到鬼打灣的神，他們賴以生存的無一不是「人」，從肉體到靈魂。

我只能想到，在這個世間的能量不足以支撐昆侖那麼強大的存在，所以有了這樣的後果，就像小孩子擁有了一個成人的力量，也一定會付出代價，就好比不小心會弄傷自己。

我不知道這個比喻是否貼切，但事實上當清長老說出這一切的時候，我想我比別人更加的清楚，我不是這個世間的人，我對這裡並沒有多大的歸屬感，但在這個時候也不免為這個世間的人們難過，悲傷……畢竟，只要還是人的範疇，想到這個結果，都不可能平靜。

在我這裡，屬於陳承一的意志又激動了起來，但是比起剛才，這一次陳承一的意志只是激動，沒有那種想要壓制我的感覺，只是有那麼一瞬間而已，接著我收到了一段清楚的訊息，大概的意思是這件事，相信現在主導這身體的不論是我還是他，都能知道怎麼做，然後就沉寂了下去，我表面上不動聲色，心中卻有一種說不出來的感覺，那就是發現我越來越不瞭解陳承一了，可是他卻越來越瞭解我……

是的，這件事情不管是他還是我，都是會拚盡性命去做的，陳承一看得很清楚。

在一片沉重的氣氛中，清長老看了一眼大家，再次說話了：「我想我說得已經很明顯，大概的結果大家也已經猜測到了……」

說話的時候，清長老翻到了小冊子的最後一頁，然後把手中的小冊子舉起來，對大家說道：「在這裡就記載著楊晟和A公司的整個計畫，這就是犧牲了無數的正道修者生命才換來的，具體的計畫我總結在這裡，到現在我簡單的給大家說一下吧。楊晟和A公司的整個計畫就是要徹底的改造這個世間，也叫精英計畫。」

「由於昆侖之物的數量是有限的，楊晟並不能得到多少特殊品，而提純的特殊品一般也是直接預訂給了A公司的高層，所以楊晟那裡大多是他合成的普通品，但普通品卻是有些嚴重的隱患的，大家也看見了，而且楊晟和A公司並不滿意最新一代普通品的效果，因為能得到的提升太少了，他們想要的還是那種強效的普通品，就比如我手上的這一瓶，甚至要更強，所以就有了整個的精英計畫。」

「而精英計畫是什麼？那就是選擇少部分的人，最好是修者，因為修者的靈魂比較強大，對這個液體的承受能力更強，得到的力量提升也比一般人得到的力量提升更大，這是楊晟無數次試驗得出來的。到時候，世間就分為兩個等級，精英計畫的大致就是這麼一部分經過篩選，可以接受這個液體的人，就做為真正的精英和高等人類，而餘下的所有人類皆為奴役！通過吳天的手段，犧牲他們的壽元為精英提供壽元，讓力量得以無窮的提升。另外，這個世間的一切資源都是有限的，做為精英的人類由於新陳代謝的強盛，所需要的物資，可以理解為食物也是一部分，也特別的多，這些為奴役的人們也需要勞動來供養他們……」說到這裡，清長老暫時停頓了一下。

而底下則全是一片吸氣的聲音，只因為這個計畫真的太瘋狂了……

「這還不是全部，楊晟和A公司的目的不只在此，他們還需要得到更多的昆侖之物，從而真正的改造整個世間，或者說找到一條真正的登仙之路，他們盯上了昆侖，因為發現了這麼一個祕密，當力量達到某種限制時，為這個世間所不容時，昆侖之路就會洞開。而他們是決定要通過某一種手段，在昆侖之路洞開的時候，我該怎麼解釋……可以這樣解釋吧，憑藉著手中的精英力量佔據部分的昆侖，得到更多的昆侖之物，強勢的讓昆侖和這個世間真正的相連，甚至憑藉手中的力量最後真正的佔領昆侖。」清長老說到這裡說完了，他的表情很平靜，可能他對這個計畫知道得比我們大家都要早，所以他早已經震驚過了，可是下面的人反應卻不是這樣，驚呼出聲的、打翻杯子的……很多種震驚到極限的反應。

這是如何的瘋狂，竟然要佔領昆侖！

清長老歎息了一聲說道：「昆侖意味著什麼？長長的歷史，除了修者，不管是帝王還是普通的百姓，都是渴望著上界，上界代表的是一種最好的結局和歸宿，對於A公司的人來說，昆侖就意味著上界，上界就意味著漫長甚至是無盡的生命和絕對的力量，這本也就是邪道的目的，何況A公司是邪道中最大的勢力，而對於楊晟來說，這就是他對世間所做的貢獻，為什麼？是因為他覺得，人類的發展總是伴隨著陣痛，就像戰爭往往是推動科技的動力，原本這個世間的人就太多了，何不犧牲一大部分來成全一小部分？讓世間得到更大的發展，人類得到改造？然後邁步向昆侖，甚至宇宙？」

「這樣的事一聽很有道理，可是我們是人，我們有自己的父母，有自己的兄弟姐妹和愛人朋友……倘若，我們自己是得到保全那一個，姑且不說能不能接受像怪物一樣活著，就說我們接受了，難道我們真的就能忍心看見這些與我們親近的人一個個變為奴役，為我們提供食物和壽元，在必要的時候提供精血，甚至於靈魂力量嗎？大道理我不會講太多，若天道無情，絕對不會讓這世間如此的生生不息，天道不是掠奪，而是平衡，否則這世間不是早就只剩下絕對的強者嗎？就好像森林中只剩下了老虎，而沒有了綿羊，我不想以情動人，畢竟我們正道修者講的順應天道，天道之下，更要衛道。該怎麼做，大家心裡怕是清楚了。」清長老說完，衝著大家抱拳鞠躬，然後坐了回來。

大家久久的沉默……楊晟自以為美好的世界，將是多少人的地獄？這個世間最忌諱的事情，就是用「我以為」來看待整個世界。

在很多時候，我以為真的只能代表自己，不能代表任何人！

在大家的沉默中，又一位雪山一脈的長老站了起來，衝著大家抱拳說道：「清長老要講的也講完了，剩下的事情，將是由我來給大家講解。那就是關於這一次大戰的，這一個情報也是犧牲了無數人的性命得來，也是很珍貴的。在這裡，面對這些犧牲，我想說的事情已經很清楚，這一戰不可避免，這一場大戰甚至有更大的犧牲，在場的諸位，如果想要退出，現在是來得及的，而到時候真正的大戰開始，我希望不要出現什麼不同的狀況，否則將會成為雪山一脈的敵人，世世代代都為敵。」

這位長老的話擲地有聲，也說明了對這次大戰的重視性，也不得不重視，因為這關係到了整個世間，是真正的正道修者該扛起責任的時候。

所以，這樣的警告也是絕對有必要的。

在這位長老說完以後，這些勢力的高層先是面面相覷，漸漸每一個人的目光都變得堅定，在十分鐘以後，沒一個人說要退出。

我莫名的有一些為這個世間的正道勢力所感動，至少他們不是沽名釣譽之輩，他們是真正的代表了正道。

「那好，大家既然有這樣的決心，我李某人就斗膽代表雪山一脈感謝大家了，而決鬥的地點就在這裡！」說話間他的手一指，赫然就是桌面上那張大大的地圖，那個顯得異樣寥落的山坡和寺廟！

第一百八十四章　我道無悔

隨著這位李長老的一指，大家的目光都落在了那張桌面上的地圖。

還是那個嶙峋的山坡，上面幾乎全是亂石，只是在亂石之間才間雜著幾叢雜草，貧瘠中顯出了一種滄桑，我不知道是不是地圖太過逼真，看著我心中竟然生出了一種蒼涼的感覺……而在那山坡之上，就是那個奇怪的寺廟了，那麼孤零零的一間屋，只是看一眼，竟然就有一種萬古孤獨的味道。

在這山坡和古廟之下，是大片大片的草原，但是蒼茫中看不見一絲人影。

這個時候，負責介紹戰時事宜的李長老正準備說什麼，卻不料老掌門忽然站了起來，揮手制止了李長老，然後他輕輕踱步到李長老的身邊，附在他的耳邊輕聲說了幾句什麼。

李長老的臉色變了變，低聲的對老掌門說道：「關於這件事情，真的要提前說？我怕到時候軍心不穩啊？」

這聲音雖然壓得低，但是大家都還是聽見了李長老的話，莫非還有什麼大事，大到會讓軍心不穩的情況？所以不由得都把關注的目光再次看向了李長老。

而老掌門面對李長老的疑問，只是說道：「當說，不管局勢如何，我等雪山一脈，乃正道勢力牛耳，豈有不坦蕩之理？」

說完這句話，老掌門就沒再多言，而是再次回到了我身邊坐下，我轉頭看了一眼他的側臉，明明剛才就是在說一件很嚴重的事情，為何看起來還是如此的平靜。

「那好吧。」看著老掌門決心已定，李長老歎息了一聲，臉色一下子變得嚴肅了起來，沉默了好久才說道：「剛才我說那番退出的話，現在作廢，如今我把這個情況宣佈了以後，大家再重新做選擇吧。」

說完，李長老走到了會議桌的正前方，然後目光嚴肅的望著大家，說道：「楊晟的計畫大家也都是知道的，幾乎是撼動整個世界的計畫。而關於我們修者和俗世之間也有一條規則，雖然不是三大鐵則，但是也近乎於鐵則，那就是俗世的勢力不得插手修者圈子裡的恩怨，修者圈子的人也不得插手俗世的勢力恩怨。」

說到這裡，李長老把一隻手放在了桌子上，彷彿只有這樣才可以支撐自己一般，他歎息了一聲說道：「但是，大家都身為勢力的高層，地位不俗，知道這條規則之所以沒有成為鐵則，是因為在不得不需要變通的時候，兩方的勢力是可以互相交錯的，更何況在大的世俗勢力中，幾乎都有修者在特殊人士的部門，畢竟人各有志，這也算修者、特殊人士的圈子和俗世的一個交錯點，還有緩衝點。」

就比如江一就是這樣勢力的代言人吧，只不過在這一次事件裡面，江一幾乎沒有發表什麼立場，我一下子就理解了李長老的意思，在心裡默默的想到。

李長老的發言則在繼續：「也正因為有了這樣一個部門，讓修者圈子和世俗勢力之間搭起了一座橋樑，之前的不得不變通也變得更加通融了起來。在一般情況下，有世俗勢力解決不了的事情，修者圈子會插手，在世俗勢力的爭鬥間，如果哪一方動用了修者的勢力，在另一方勢力的部門不敵的情況下，整個勢力的修者也會出手。相應的，修者圈子的事一般麻煩世俗勢力插手的很少，除非是什麼一旦發生，結局就不可逆的大事，這種事情無一不是驚天動地，就如我華夏七〇年代也曾發生過。如今，這楊晟的瘋狂，代價是整個世界，大家覺得不會發生嗎？」

所有的勢力高層都沉默了，李長老說得非常正確，如今這種情況，一旦發生結局如此的可怕，那鐵定是要和世俗勢力「通話」了。

在這個時候，一位勢力高層站了起來，他看著李長老說道：「他們給出了什麼樣的答覆？」

「一旦我們覺得不可以阻止了，那麼會用特殊的方式聯繫他們，他們將進行無差別的打擊！至於什麼藉口，大家都明白，就不用我說了，這個事情已經在緊鑼密鼓的準備。」李長老的臉色一沉，說話的時候，也不由得歎息一聲，從寬大的長袍中掏出了一件兒東西，扔在了桌子上，說道：「既然不用隱瞞了，我也不要拿著這個東西，負擔太過沉重。」

那個東西在桌子上發出了咚的一聲沉悶響聲，說是讓李長老負擔太重的東西，不過是一部手機電話，但比起一般的衛星電話更加精緻，充滿了一種科技感。

老掌門不動聲色的收了那部電話，我用猜的也知道，我們一旦發現要失敗，已經不可挽回的時候，這就將是通知世俗勢力的工具。

「A公司非常強勢，比起我們正道修者，那些邪道修者對整個世界的格局看得比我們清楚。在現在這個年代，金錢和資源的作用不可低估，換一個想法，很多大國的命脈在暗地裡何嘗又不是掌握在一些金融巨頭手上呢？而A公司用富可敵國來形容，都是小看了他們，在這個世間，由於金錢和資源的作用，很多勢力中都有他們的身影，要動他們，世俗勢力也頗為投鼠忌器，所以一切的行動是保密又保密，而且為了消除一些影響和後果，也必須進行無差別打擊。而且不管是我們還是世俗勢力，要阻止的也只是A公司的這一次大動作，並不能將A公司連根拔起，這是一場漫長的戰鬥，拉開帷幕的時代。」李長老歎息了一聲。

「為了消除影響，不能明顯的針對，所以這是一場只能勝利，不能失敗的戰鬥。勝利了，只屬於我們修者圈子內部的事情，一旦牽涉到世俗勢力，那麼我們也就是要做好為此犧牲的決心，局勢是複雜的，鬥爭是漫長的，是這個意思吧？」其中一位勢力高層歎息了一聲，忽然這樣問道。

他沒有太激動，甚至沒有站起來，說這件事情，就跟說一件異常普通的事情一樣。

「是的。」李長老的神情也變得平靜了下來，然後說道：「為了萬無一失，只能這樣選擇，我們這些老不死的必須抱著必死的決心。實際上，楊晟是想拖一段時間的，他在逃避決鬥，雖然情況很糟糕，互相之間的人員死亡可能已經要達到鐵則三的上限，但楊晟也想這樣，收縮一切的力量，再給他一些時間。但他也有不得不做的事情，不要忘記了他的野心，這個說起來就複雜了，待會兒再說。總之我們這場會議就是最高的機密會議，世俗勢力的力量是我們最後的一張底牌，但世俗勢力出於很多種顧慮也和我們說過，不到萬不得已，最好不要讓他們出手。那種影響，還有牽動的各種交錯勢力……罷了，這幸好還是在我華夏，如果在別的世俗勢力，特別是被金融操控了的勢力，恐怕讓他們面對A公司都難，至少會躊躇的想很久，做很多準備，甚至會把一切強硬扔給修者圈子，但到時候楊晟恐怕……」

李長老沉默了，他沒有再說下去。

下面的勢力高層也沉默了，如果說一場大戰就給人帶來了沉重的心理負擔，那麼只許成功不許失敗的大戰，這種根本就沒有退路的事情，給人的心理負擔可想而知。

所以，這樣的沉默是可以預見的，我的心情很平靜，若為衛道而死，原本就是修者死得其所的一種方式，算是一種宿命的歸宿，那又有什麼好擔心的？但是我竟然可悲的發現，我心中除了思念上人，和對已經不存在的魏朝雨有著很複雜的情緒以外，我竟然無牽無掛。

相反，陳承一那個小子卻充滿了某種牽掛，但卻依然慷慨沒有退縮，相比於他，我是該高興，還是該悲傷？

我覺得，在這個世間走一趟，我的情緒真的是太多太多了。

「就如李長老所說，我等也是老不死的了，既然我等為正道，衛道而死也實屬正常，萬萬沒有退縮之理，只是這一場戰鬥，希望雪山一脈做為領導者，想好各種失敗後的事情。我的意思是，我正道的火種不可熄滅。而我等，死了也就死了吧。」

我有些震驚的轉頭，再一次發現這個世間的正道修者，是真的有一種我不可描述的精神，讓人感動，讓人撼動，話很樸實，背後的東西卻直指人心的感動。

而我看著那個發言人，是十大勢力中一個德高望重的老者。

在他說話以後，其他勢力的高層也紛紛發言。

「說得對啊，死了也就死了，只要不是毫無意義就好，」

「難道我等還看不懂生死輪迴的功德？能為我帶來如此一個大的功德，應當萬死不辭。」

「死得其所，為何有悔？」

「……」

在這個時候，各大勢力的人紛紛發言，言語之間不見如何豪邁，有的只是一股絕不退縮的豪情！其實話的表面輕鬆，畢竟輪迴是不斷的，功德也可累計，但也不知道在哪一世，才能繼續的開得「智慧」，再踏入修者的世界，而功德帶來的世俗富貴權力……對修者來說，有意義嗎？

在這裡，他們憑藉的只是一個衛道的心，為的是千千萬萬的生命。

一時間，發現我竟然在心中也點燃了一股熱血，不再單純的只是為了完成陳承一的託付了。

神仙傳說・最終卷⑷完

高寶書版集團
gobooks.com.tw

DN 196
我當道士那些年 III 卷十三：最終卷・神仙傳說(4)
作　　者　仐三
編　　輯　蘇芳毓
排　　版　趙小芳
美術編輯　宇宙小鹿
出　　版　英屬維京群島商高寶國際有限公司台灣分公司
Global Group Holdings, Ltd.
地　　址　台北市內湖區洲子街88號3樓
網　　址　gobooks.com.tw
電　　話　(02) 27992788
電　　郵　readers@gobooks.com.tw（讀者服務部）
pr@gobooks.com.tw（公關諮詢部）
傳　　真　出版部　(02) 27990909　行銷部 (02) 27993088
郵政劃撥　19394552
戶　　名　英屬維京群島商高寶國際有限公司台灣分公司
發　　行　希代多媒體書版股份有限公司/Printed in Taiwan
初版日期　2014年11月

國家圖書館出版品預行編目(CIP)資料

我當道士那些年 III（卷十三, 神仙傳說 ：最終卷）
／仐三著 -- 初版. -- 臺北市 :高寶國際出版 :
希代多媒體發行, 2014.11
面；　公分. -- (戲非戲196)

ISBN 978-986-361-052-6(第4冊：平裝)

857.7　　103015211

GOBOOKS
& SITAK
GROUP©